U0606336

刚 刚

刘按　著

江苏凤凰文艺出版社
JIANGSU PHOENIX LITERATURE AND
ART PUBLISHING, LTD

目　录

第一章

刹那之诗

1

　　刚刚，杯子里的最后一口红酒被喝完，大海在夜色中放缓了波浪的起伏，一个脸上有伤的男人从酒吧里叼着烟走出来，一阵晚风吹过空旷无人的街道。刚刚，一朵花在阳台上释放隐约而又迷人的气息，月光照着一片很少被阳光照到的叶子，猫无声无息地在主人睡去后的地毯上走路，雾扩散到森林的边缘就不再向前移动。刚刚，一个忧伤的仙人在云端吐出一口白气，一条不值得钓的小鱼悄悄浮到河面上呼吸，开着灯的汽车在夜晚高原蜿蜒的道路上行驶，一个少年在睡梦中轻易摸到了少女嘴边的痣。刚刚，一个原子内部的电子在围绕原子核规律地运动，一颗灰尘静静地蜷伏在衣橱里的袜子上，胎儿在母亲子宫的羊水中倾听着卧室细微的动静，豹子的亡灵在荒野中寻找可以避风的地方。刚刚，鸟在持续飞行的途中闭了一会儿眼睛，大陆板块在不易觉察地漂移，一块巨大的冰在极其缓慢地融化，地球在漆黑的宇宙中不动声色地旋转。

2

刚刚，一个橘子被男人剥开，他喜欢剥完橘子后，手上残留的气味。一个女人正在厨房洗土豆，她炒的土豆丝是她儿子的最爱。刚刚，一扇窗户被少女的手推开，窗户内外的空气开始交换。深山中的寺庙准时敲起晚钟，钟声并没有惊动站在树枝上的雀。刚刚，兔子仿佛听到了趴着的猎人不小心弄出的响动，在林间惊慌地跑动。黑桃5被从一把牌中挑出扔到桌上，这是他手里最小的牌。刚刚，穿山甲凿空了一座植被荒芜的山，从山的另一侧小心翼翼地探出头来。大象正在渡河，蔚蓝色的河水很浅，逐渐接近它的腰部。刚刚，孕妇在环形散步的途中踩死了一只蚂蚁，但是她并不知道。一条恰好成年的鳟鱼被钓起来，将成为一个孤独老人的晚餐。刚刚，一顶漂亮的帽子被从商场的五楼买走，那个人坐扶梯还没有到四楼就戴上了帽子。一张洗涤干净的红白格桌布被铺到桌上，女服务员弯腰用手抹平上面的每一条褶皱。刚刚，有女孩在低头回家的路上踢到了一个石子，她无动于衷地低头继续向前走。有醉汉在路边抱着一棵树不肯松开，在他的想象中他抱着的是他此生最对不起的女人。

3

刚刚，一架来自南方的飞机在北方的跑道上降落，这趟短途旅程没有意外，只有少量轻微的颠簸。一个挂着拐杖的老人独自缓慢地在过马路，所有的汽车都停下来等他，没有人按喇叭。刚刚，孔雀在开屏，老虎在笼中小步徘徊，小丑在化妆，杀手在用一块布仔细擦拭用了多年的枪，鲫鱼在砧板上等死，螃蟹在沙滩上快速爬行，龙在九天之上，泥鳅一直躲在淤泥中。刚刚，保姆转身离去，全部的碗已经洗好叠放在水池边静静地晾干。外卖小哥在楼下停好摩托，手里拿着比萨盒步履轻快地走上水泥台阶。酒店的旋转门正在自动旋转，今晚入住的女人拖着一个红色的拉杆箱。刚刚，一朵昙花即将绽放，一颗很小的陨石坠落地球。轮船行驶到大海深处，鲸鱼搁浅在岸边。刚刚，神偷迅速消失在拥挤的人群中，念头不断浮现在小和尚的脑海，火车钻进黑暗的隧道，月亮悄悄爬上树梢。刚刚，骆驼穿过针眼，达摩一苇渡江，金刚怒目，菩萨低眉。仙鹤驮着太乙真人飞过夜晚一望无尽的湖面。

4

刚刚，一阵风吹过茂密的竹林，每一根竹子都在轻微地摇晃。一朵白云在山顶附近，静止不动。刚刚，宇航员透过舷窗，在宇宙中看见大面积呈蓝色的地球。抢劫犯坐在监狱里的下铺，看见铁栅栏形状的走廊。流浪者坐在火车上，看见一扇窗那么大的平原。刚刚，一个空的可乐罐放在窗台上，一只麻雀隔着薄薄的玻璃仿佛在看着这个可乐罐。一辆旧的自行车停在院子里，前面的车筐里放着一双白色的手套。刚刚，一个女人在街上扶着她的男朋友单手脱下她的鞋子，有一粒细小的石子硌到了她的脚。一粒沙子进入蚌，被默默地包裹成珍珠。刚刚，下围棋的老人手里捏着一枚黑色的棋子，不知道放在哪儿。卧室里的红色电话突然响起，响了很久，也没有人接。刚刚，蜘蛛在织网，长颈鹿在眺望，啄木鸟在敲击树干，书生在钻牛角尖，道士在螺蛳壳里做道场，佛在闭目养神，罗汉在窃窃私语，鬼魂在到处游荡。刚刚，00后少年在垃圾桶旁边戴耳机听歌，抽烟，抽完上前一步把烟头按在垃圾桶上面的银色托盘里，只按了一下，他就转身走了，没有被完全按灭的烟头在他逐渐远去以后，还在静静地冒烟。

5

　　刚刚，天完全黑下来，即使趴在窗户上也看不清离得很近的树木，只能听见风吹得树上全部的绿叶都在哗哗响。刺猬在溪流的边上吃一个白天采集的果子，细小的牙咬进果肉中，有丰富的汁水流下来。刚刚，一盏灯被打开，照亮整个客厅，所有的物品都没有被动过，和她早上匆匆离去前保持着同样的状态。她走进卧室，又打开一盏灯，卧室也亮了起来，床上的被子还没有来得及叠，枕头上粘着一根属于她自己的又细又长的头发丝。刚刚，行动迟缓的河马悄悄上岸，终于在温度适宜的空气中暴露了它常年淹没在水中的身躯。百鬼在荒野上沿着河夜行，狐狸远遁，狼假寐，虎避让，水鬼贴着河底跟着陆上的队伍顺流而下，土地公在土里一声不吭地跟着，周围有萤火虫在发出微弱的光。刚刚，远处传来持续的狗吠，隐约的欢笑声，汽车启动的声音，住在飞机航道下面平房里的男孩，躺在床上闭眼倾听飞机轰隆隆飞过屋顶的巨大声响。刚刚，门神醒了过来，从门上下来抻抻懒腰，在门前的乡村小路上走动走动。一个女人在睡梦中念出一个男人的名字，那个人已轮回转世，成为一条无家可归的野狗。

6

刚刚，一个女人提着高跟鞋在临近傍晚的沙滩上光着脚走路，稍后涨潮的海水将淹没她留下的脚印。一个黑色的发夹静静地躺在沙发底下，上面沾满轻轻的灰尘。刚刚，一片被虫子啃噬过的树叶还长在路旁的树上。一根弧度恰到好处的香蕉已经从尾部开始腐烂。刚刚，三楼通往四楼的楼梯扶手上多了一道崭新的划痕。瞎子用手小心翼翼地触摸着盲文，聋子专注地盯着电视机里讲话的嘴唇，哑巴在向另一个哑巴比画着手语。

刚刚，一颗形状模糊的雨滴从高高的天上落下，落到一个没有戴帽子的人的鼻尖上。撑着一把红色雨伞走在街上的女人，看不清她的面貌。刚刚，女孩用一根纤细的手指在肯德基窗户的雾气上写字。坐在轮椅上的老人背对着我们，一言不发地看着窗外的大雨。刚刚，一棵百年老树被齐根伐倒，露出繁复的年轮。她迷上一个烂人写的诗，那个人已死去多时。刚刚，投掷飞刀的人让观众用一块黑布蒙上自己的眼睛。她在雨后的大街上快速地奔跑，来不及看清街道两侧的景色。刚刚，一只体形不大的野猫站在一根望不到尽头的火车铁轨上，心不在焉地眺望了一会儿，又沿着这根窄窄的铁轨向着即将日落的方向脚步轻快地跑去。

7

刚刚，一只落单的麻雀站在一条又细又长的电线上，它背后的天空乌云密布。一个孩子在荡秋千，他所能够荡到的高处也还是不够高。刚刚，独角兽在万籁俱寂的河边俯瞰自己昏暗的倒影，夜游神飘过暗香浮动的田野，桂花在院子里无声地往下落。刚刚，绿灯亮起，稍显昏暗的斑马线上没有一个人走过。一条偏僻的铺满落叶的小径，也没有一个人走过。刚刚，一粒降温的沙子躺在沙漠中其他的沙子中间，随着沙丘的移动而移动。马安静地站在栅栏里，稍微动一下就会碰到旁边的马。刚刚，他用力把一块巴掌大的石头投入河中，噗通一声之后，石头在完全漆黑的河水中缓慢而又持续地下沉，直到最终成为一块河底的石头。刚刚，汽车右后方的轮胎转弯时扎上一根在路口躺着的钉子，轮胎带着这根钉子在午夜的马路上滚动。不爱说话的结巴独自走夜路，不自觉地吹起了口哨。刚刚，慧能翻身，神秀失眠，迦叶拈花一笑，耶稣出生，柏拉图感冒，苏东坡醉酒，李白下床走到窗前举头望明月，恰好看见一颗陨石撞击月球，在月球表面留下一个浅浅的陨石坑。

8

　　刚刚，一块石头从山坡上快速滚下来，滚到山脚的平地又往前滚几下，才彻底不动。刚刚，一个女孩打开一罐可乐，突然溅出来几滴，溅到女孩的手指上，女孩随即把溅上可乐的手指放到嘴中吮吸。刚刚，一只松鼠在白天的树下用两只前爪抱着一颗很小的坚果啃。在不远处的草地上，男孩用一根柔软的草触碰睡午觉的大人的脚心。刚刚，她经过一个橱窗，走过去后，她又马上倒退回来，站在窗外长时间打量橱窗模特身上那件绿色的毛衣。刚刚，两个放牛归来的少年，隔着一条傍晚的河说话，他们看不清彼此，但知道对方是谁。刚刚，他在等红绿灯的时候，摸了摸手上的茧子。她站在厨房一口气喝掉半瓶即将过期的牛奶。刚刚，猎人在荒野中点起篝火，荒野上的风吹得火苗不断摇晃。刚刚，她沿着一条在很多栋房子中间穿过的马路一直往前走，在看见大海之前，她提前闻到了海水的味道。刚刚，公交车在途中的站点短暂停下，有人在前面的门上车，也有人在后面的门下车。刚刚，一个瓷瓶上出现很多细微的裂纹。莎士比亚用鹅毛笔写完了哈姆雷特最后一段话。生病的曹雪芹独自站在窗前，咳嗽间看见窗外大雪纷飞。

9

刚刚，鹰在空中盘旋，下面是连绵起伏的山脉。豹子在无风时追逐羚羊，它们之间的距离越来越近。刚刚，她推开一扇门走进去，消失在门后。刚刚，熊在翻垃圾桶，凤凰在梧桐树上栖息，小鸡在啄米，鹅在晃荡，九尾狐在林间一闪而过，章鱼释放墨汁，将周围的海水全部染黑。刚刚，一辆摩托在乡间的土路上飞驰而过，扬起一片烟尘。过了好大一会儿，烟尘才慢慢散去。他端起一杯冰凉的啤酒一饮而尽，放下空杯，他发现啤酒的冰凉已透过杯壁传递到手掌上。刚刚，她单手扶着墙一只脚站立，将另一只脚上的袜子脱下来。再换一只脚站立，将另一只脚上的袜子也脱下来，然后把两只袜子扔进洗衣机。她光着脚哼着歌在房间的地板上走来走去。刚刚，一群海鸟在下午3点的海边飞，其中有一只海鸟，比其他所有的海鸟都飞得更低，更靠近不断涌起的海浪。刚刚，他坐在剧院门口的台阶上仰头向空中吐出一个烟圈，烟圈在他眼前先是扩大，然后消散。刚刚，他在酒店外面的空地上，面对着群山而坐，他在低头看菜单，他的对面是一个空位，他邀请的人正在赶来的路上，那个人来了以后，会背对着群山而坐。

10

刚刚，一阵风吹乱了一个女孩的头发，遮住了女孩的脸，她任由头发遮住自己的脸，在那短暂的一刻，这个女孩，闭上了眼睛，她在静静地等风过去。刚刚，很多人站在栏杆的这一边，等待短火车经过，短火车经过以后，横着的白色栏杆会抬起，栏杆这边的人会穿过铁轨，到另一边去。刚刚，一个男孩拽着长长的线在河岸边奔跑，风筝在他后上方的天空中越升越高，一条黑色的小狗在男孩的屁股后面不出声地跟着跑。刚刚，小女孩被爸爸抱着上楼梯，还没上到二楼，二楼的感应灯就亮了。继续往上走，还没上到三楼，三楼的感应灯就亮了。继续往上走，还没上到四楼，四楼的感应灯就亮了。刚刚，他在案板上切黄瓜，切成薄厚均匀的片状，切到最后剩下的尾巴丢到嘴里嚼，发出清脆的声响。刚刚，一只猫从窗台上跳下来，它先是跳到离窗台不远的沙发上，再从沙发上跳到地板上。它在地板上轻轻地向前走，没有回头看一眼窗台。刚刚，他把枪放到枕头底下，他躺在枕头上准备穿着衣服睡觉。窗外有救火车经过的声音。刚刚，河水在黑暗中哗哗地流淌，一条闪光的大鱼在河中逆流而上。猫头鹰站在树枝上转动着脑袋，倾听四周细致入微的动静。

11

刚刚，他坐在星巴克门外的一把椅子上喝咖啡，椅子在房子投射在地面的阴影中。一只蝉的叫声混在很多只蝉中间，没有一个孩子能够从中听出它单独的叫声，所有的蝉叫仿佛都是一只蝉发出的。刚刚，她蹲在雨后马路边的水洼前，一小块天空倒映在水洼里，几只蜉蝣就在这水洼里的天空中游动。刚刚，野狗下到河中，挥动着爪子从这一边游到另一边，上岸后，野狗站在岸边抖了抖身上的河水，迅速淋湿周围的一小圈青草。刚刚，一只麻雀在地上蹦蹦跳跳，不知道什么原因，它不肯回到天上去。她站在草地上噘嘴吹散一支蒲公英，脸上露出孩子般的笑容。刚刚，走在夜马路上的人，看见下水道井盖冒出白气。他绕过井盖，继续往前走，走出十几米回头，还是能远远地看见从下水道井盖中持续冒出的白气。刚刚，一个素面朝天的年轻女人在行驶的公交车上睡着了，她的头靠着窗户，不同路灯的光陆续透过车窗照在她睡着的脸上。刚刚，八仙过海，一头巨大的鲸鱼在后面默默地跟着八仙，一大群种类繁多的鱼呈丝带状在后面默默地跟着这头巨鲸，差不多每一种海鱼都有代表参与其中，这支奇特的队伍在大海中蔓延超过十几公里，它们离大海对岸，还有一段堪称漫长的距离。

12

刚刚，曹操东临碣石，关羽败走麦城，林黛玉葬花，李叔同出家，时迁躺在梁上等天黑，孙悟空将金箍棒缩小放入左耳。刚刚，一匹马拴在一棵树下，一片落叶落下来，落到马背上，马动了一下，落叶又从马背上晃晃悠悠地落到地上。刚刚，狼的对面走过来一只狈，从大雾中跑出来一只猫，老虎跳过深不见底的峡谷，十几个人在下过雪的村庄抓一头猪。刚刚，他从山上捡回来一些干燥的树枝，用来烧晚饭。鸭嘴兽在夜晚的河流中独自游荡，没有遇见野鸭，也没有遇见天鹅。刚刚，她在屋子里打扫卫生，把夏天的衣服收起来，冬天的衣服拿出来，还找出来一顶去年冬天她特别喜欢在雪后戴的帽子。刚刚，一头牛用它的尾巴驱赶蚊虫，蚊虫在傍晚的光线中乱飞成一团。刚刚，一个人从一棵树改造成的独木桥上小心翼翼地走过，走过去之后，他回头看这座桥，还是觉得这棵树太细了一些。刚刚，他打开鞋柜，看见一排干净的鞋子整齐地摆在一起。她从书架上抽出一本很薄的书，准备作为今晚的睡前读物。刚刚，在大海深处，一条美人鱼跃出海面。在银河系深处，一颗恒星被黑洞吞噬。

13

刚刚，他在一棵梨树下吃一个用冰凉的井水浸过的梨。刚刚，她从一扇打开的窗户望出去，望见一只鹤越飞越远。刚刚，积攒了一个星期的脏衣服在滚筒洗衣机里滚动。一壶白水即将被烧开。刚刚，一个鬼魂捏着鼻子喝下孟婆汤，另一个鬼魂毫不犹豫跳进无底洞。阎王领着黑白无常来到人世散步，他手里拿的笔记本就是生死簿。刚刚，林冲夜奔，祖冲之算数，文王推演八卦，孔子闻韶音，三月不知肉味。刚刚，一个女人戴着墨镜消失在布宜诺斯艾利斯的街头。刚刚，一个身上散发诗意气息的食人族走出亚马孙丛林，一个不知道通往哪里的虫洞在人马座附近出现。刚刚，杨黎在炒回锅肉，吴又在打台球，苏非舒在烤土豆，张羞在钓鱼，不识北在喝酒，张万新在吃面，何小竹在抽烟。刚刚，少女站在阳台上晾衣服，少年裸身跳进野外池塘，神色疲惫的中年人在算命先生面前缓缓摊开手掌，弥留之际的老人看见窄门中透出白光。刚刚，狮子在黑暗中的草原上踱步，蝙蝠在飞行，獾在挖洞，袋鼠在跳跃，精卫衔起一枚石子填夜晚的海，飞碟降临长安。

14

刚刚，她拿着一个指南针在房间里转，无论她怎么转，指南针都指向南方。刚刚，他用一点洗涤液把两根长长的匡威鞋带洗了，洗完它们又重新变白。刚刚，一片落叶被风吹到斑马线上，女孩走过斑马线，这片落叶粘在她的鞋底。刚刚，一辆车堵在傍晚回家的路上，开车的他徐徐降下车窗，晚风断续吹到他的侧脸上。刚刚，一朵鸢尾花在原野上悄悄绽放，花的香气随风而散。风一直吹，大片的野草持续保持着弯曲。刚刚，卷纸不小心掉到地板上，在地板上滚出去很远，一条白色的巴掌宽的纸带铺在地板上。刚刚，从望远镜中可以看见远处田野里的一只田鼠，它警惕地转动着眼珠。刚刚，他身上的伤在下雨前隐隐作痛。老虎头上的王字越来越清晰。从芦苇荡中划出一只木筏，从河外星系驶来一艘光速飞船。刚刚，一片还很绿的树叶掉落河中，随着河水的流淌向下游缓缓漂去。屋顶瓦碎，一束月光恰好漏进来，细小的灰尘在月光中悬停。刚刚，杜牧问路边的牧童，附近哪里有喝酒的地方，牧童遥指杏花村的方向。苏轼在庐山的雨中行走，感到自己无法看清庐山的全貌。王之涣想看夕阳下黄河更广阔的景象，正在往楼上走。

15

刚刚，两根铁轨间长了几丛野草，在没有火车到来的时候，他躺下来休息，头搁在一根铁轨上，身体不可避免地压到几根野草。刚刚，退潮后遗落在沙滩上的海星被孩子发现，他蹲下来用手摸了它一下。刚刚，一只野猫从斜坡上下来，走到冰面上，它在冰面上悄无声息地走动。刚刚，在猫低头停步的地方，一条红色的小鱼从冰面下缓缓游过，猫挠了一下冰面，冰面上立即留下很浅的猫爪子的划痕。刚刚，一枚三叶草被夹在《荷马史诗》中。野外输电线上结一层薄冰。刚刚，墨西哥湾暖流在大海中蜿蜒，月球在太空中绕着地球旋转，地球绕着太阳旋转，太阳绕着整个银河系旋转。刚刚，河滩上的一块石头被捡走，那是上万年前牛的牙齿化石。刚刚，翼龙展开巨大的翅膀，低空掠过泛起涟漪的湖面。刚刚，一颗柚子掉到草地上，猫推着柚子在草地上滚动。他在喝一碗饭前的热汤。刚刚，小女孩松手，手里的红气球拖着一根线缓缓飘向空中。他站在三楼走廊扔出手里的纸飞机，纸飞机朝着楼间空地飞出一条曲折中不断降低的轨迹。刚刚，武松打虎，坐在虎旁喘气，斑斓的老虎停止这一世的呼吸。秦始皇焚书坑儒，重新抹平的地面，泥土松软而又新鲜。

16

刚刚，一只大鸟扇着翅膀着地，在开阔的草原上跑起来，跑着跑着它就变成了一只鸵鸟。刚刚，一只蘑菇在雨后的森林中冒头，它的颜色太过鲜艳。刚刚，他在山洞中举着火把，看见万年岩画的局部。扫地机器人碰到墙壁，随即朝另一个方向移动。刚刚，他让儿子靠墙站着，他用黑色水笔在墙上挨着头顶画一道，记录儿子的身高。刚刚，儿子坐在窗边用一面小镜子，将中午的阳光折射到睡午觉的女孩脸上。刚刚，鉴真东渡，玄奘西行，王阳明龙场悟道，贝克特坐在教堂里等待戈多。刚刚，浪里白条张顺潜入水底，赵括纸上谈兵，泥人张站在街上与人谈话时还在袖子里捏对方的样子，巴赫吃早餐时还在脑海里指挥弦乐。刚刚，蜘蛛沿着一根垂直地面的细丝往下滑，这根越来越长的细丝始终没有断，蜘蛛逐渐接近地面。刚刚，烽火台冒出狼烟，孤岛上升起无声而又耀眼的闪光弹。刚刚，两个孩子蹲在地上弹玻璃球，一个玻璃球撞到另一个玻璃球，另一个玻璃球滚到墙角附近才慢慢停下。刚刚，每天都去公园里喂野猫的年轻人一蹲下来，一群野猫就从四处钻出来围到他身旁，喵喵喵地叫。

17

刚刚，邮递员把一封信塞入信箱上窄窄的缝隙，全部塞进去之后，信就掉进了空着的信箱里。一张上面有妙龄女郎的小卡片从门底下被塞进来，屋子里的人还没有发现。刚刚，他对着镜子刮掉留了多年的大胡子，他终于亲眼看见自己光洁的下巴。刚刚，一瓶杜松子酒被打开，放在一张铺在草地上的桌布上，它的旁边放着一盒被打开的鱼罐头。刚刚，两个人站在瀑布附近，大喊着进行交流，他们都没有太听清楚对方在说什么。刚刚，她坐在火车上看着窗外，托腮咬着自己的小拇指出神，坐在对面的陌生男人知道她在神游，但不知道她去了哪里。刚刚，他拉开山顶帐篷的拉链出来小便，发现繁星满大，整个小便的过程他都在仰望银河。刚刚，他坐在午夜的沙发上，一只手夹着烟，一只手拿着打火机，俯身把烟灰缸挪到离自己更近的地方。刚刚，苹果在树上还没有成熟，西门庆的小鸡鸡还太小，列侬还没有死，尼采还没有疯，凯鲁亚克还在路上，维特根斯坦还在和希特勒一起念小学。刚刚，孔子还没有遇见老子，佛陀还没有顿悟，耶稣还没有复活，人类还没有走出非洲。刚刚，盘古还没有开天，女娲还没有造人，万物还没有被命名，整个宇宙一片混沌。

18

　　刚刚，一个雨点落到大英博物馆门口的一级台阶上，之后，所有的雨点从伦敦上空同时落下。刚刚，一辆车打着双闪停在路边，密集的雨点打在车窗上，车里的人已经看不清外面。刚刚，他背对着午后的阳光在马路上走，走了一会儿，他的整个后背都被阳光晒得暖洋洋。刚刚，一个小男孩吹了一堆彩色的气泡出来，在气泡还没有全部破灭之前，他又吹了一堆出来。刚刚，已经失明的博尔赫斯从衣橱里拿出一件衬衫、一套西服和一条领带，他不知道它们的颜色，在他的想象中，这是一身得体的搭配。刚刚，一个女孩背江而站，她看着镜头微笑，一艘轮船的前半部分缓缓驶进镜头。刚刚，一个空啤酒瓶沿着倾斜的路面向低处滚动，坐在路边扇扇子的老人，他的头跟着这个空啤酒瓶的滚动而缓慢扭转。刚刚，水草在浅水中摇曳，浮云在低空中变幻。摇晃一棵银杏树，很多银杏掉下来。昙花一现的瞬间，没有人旁观。刚刚，微风一阵阵地吹着午夜街道上的一根羽毛向远处飘去。她靠墙倒立，依然无法阻止泪水流出来。他站在大雨中，不动声色地哭。刚刚，雪地上出现野兽的脚印。沙漠上空出现一座熙熙攘攘的城镇。阎王的瞳孔中出现你的身影。

19

刚刚，一个人推开楼梯间的门开始下楼梯，他每次只下一级台阶。刚刚，一个人双手插兜在一座大桥上行走，大桥下面是苍茫的江面，他走了很久，依然身在大桥上。刚刚，他坐在傍晚的马路牙子上抽烟，看着昏暗天色中移动的车流，感觉自己找到了比这个世界更慢的节奏。刚刚，成千上万只迁徙中的蓑羽鹤正扇动翅膀飞越珠穆朗玛峰，一条浑身泛白的小鱼正贴着马里亚纳海沟的沟底游动。刚刚，他站在离地铁很近的地方，看着地铁从眼前慢慢开动，陌生少女透过移动的车窗与他对视，那是幻觉般一闪而过的纯真眼神。刚刚，一滴雨从玻璃窗上往下滑，另一滴雨直接通过栅栏之间的缝隙落入下水道，还有一滴雨掉入大海，瞬间与海水融为一体。刚刚，她用脚尖踢着一片枯黄的落叶走过狭窄的小巷，他用脚内侧踢着一个空着的可乐罐穿过午夜的人行横道。刚刚，一辆越野车压过水洼后继续往前开，在干燥的水泥路上留下一道湿湿的车辙印，继续往前开一会儿，湿湿的车辙印才慢慢消失。刚刚，月球作为一艘星际旅行的宇宙飞船缓缓来到近地轨道，地球上的原始海洋中正在产生第一个有生命的细胞。刚刚，宇宙还没有发生大爆炸，时间和空间全部在上帝的一念之间。

20

刚刚，他看见一片落叶上的脉络像一棵树的微缩轮廓。一座教堂在水中的倒影是另一座教堂。刚刚，他把一张写满字的纸揉成纸团，朝放在不远处的纸篓扔去，纸团在纸篓的边沿弹了一下，最终落到纸篓的外面。刚刚，在一件瓷器的底部发现烧瓷人的姓名，在琥珀中发现一只完整而又稀有的昆虫。刚刚，她把唱针压进唱片上的凹槽，随着唱片的转动，里面传出过去时空的声音。刚刚，她坐在沙发上剥橘子，然后她去厨房倒水，而她在沙发上剥橘子的那个幻影迟迟没有消散。刚刚，有人敲门，她从睡梦中醒来，揉着眼睛穿着拖鞋从卧室出来，穿过客厅走到门口打开门，发现门外没有人，只有一个包裹放在门外的地上。刚刚，一只猴子从树上跳到地上，在地上走了一会儿，它又跳回到树上。刚刚，一个盘子裂成两半，但这两半还挨在一起保持着一个盘子的形状。刚刚，一个女孩坐在一把椅子上，旁边的椅子上放着一个购物纸袋，纸袋里露出衣物的一角，好像是一件红色的毛衣。刚刚，另一个女孩趴在桌子上睡着了，衣服和裤子之间露出一截洁白的腰。

21

刚刚，隔着一张铁丝网她喊他的名字，正在打篮球的他跑到铁丝网边，她通过铁丝网其中的一个网眼，塞了一罐冰可乐给他。刚刚，一架夜航飞机的尾灯在云层中闪烁。风铃在黑暗中响起的时候，就是一阵晚风吹过的时候。刚刚，她用刷子刷墙，蓝色的油漆涂在白色的墙上，刷子所过之处，蓝色覆盖白色。刚刚，他躺在浴缸里看书，他的胳膊肘浸在水里，他刻意保持着双手的干燥。刚刚，一枚硬币躺在街道中间，一辆车从它的上方驶过，硬币短暂地被车底遮蔽，紧接着月光又直接照在这枚硬币上。刚刚，一棵树高过屋顶，很多枝条伸展在屋顶上方，很多落叶落在屋顶上，一阵风吹过，将屋顶上的一片落叶吹落，这片落叶最终落到地上。刚刚，手电筒的光微微朝上照在一棵树上，照亮很多片绿叶，其中一片绿叶上有一只很小的虫子，它正在啃噬着绿叶，突然而至的光让它小小的嘴停止了动作。刚刚，花的纤细枝蔓缠绕在栅栏上，每一根栅栏上都最少有一朵花在盛开。刚刚，蜗牛沿着夜色中的树干缓慢地往上爬，它爬过的高度还没有超过一个7岁孩子的头顶。刚刚，一株草高过了原野上所有的草，而且它还在悄悄地生长。

22

刚刚，火车经过南京的时候，所有的火车窗外都一片漆黑。刚刚，她在右耳上戴了一只硕大的耳环，左耳上什么都没有戴，耳洞又小又空。刚刚，他戴着一顶帽子在一盏昏暗的灯下低头抽烟，烟朝上飘散，我们看不见他的脸。刚刚，一只猫从大范围的黑暗中走进一盏路灯照亮的一小块地方，它在亮处站了一会儿，然后躺了下来。刚刚，风车在夜晚的山顶上默默地转动，要到天微微亮，我们才能够隐约看见它的转动。刚刚，一株草从马路边沿的缝隙中钻出来，它是这条马路上唯一冒头的草。刚刚，一粒扣子掉在地上，他没有任何觉察，穿着掉了一粒扣子的衣服推开酒吧的门。刚刚，小鱼在接近湖面的地方游荡，稍微大一点的鱼在更深的地方，我们从没有见过的鱼在湖底。刚刚，一只空酒瓶紧挨着墙角竖在地板上，它的上方有一扇窗，这只空酒瓶始终处于月光照不到的地方。刚刚，河边放着一堆空荡的衣服，两只鞋摆在衣服旁边，曾经穿着衣服的人不知道去了哪儿。刚刚，一个人在夜晚的大街上走，与另一个人擦肩而过，他继续向前走，肩上残留着还未完全消散的触感。刚刚，一栋楼上最后一盏亮着的灯灭了，整栋楼立刻全部陷入黑暗之中。

23

刚刚，一粒石子被一个流浪汉踢着，走过一条又一条街道，最后流浪汉站住，低头弯腰把这粒石子装进口袋。刚刚，两个抱着熟睡的人，感觉不到，照在他们身上的月光。刚刚，塑料袋突然破了，苹果全部掉到地上，女人首先捡起来的是滚得最远的那个苹果。刚刚，一本书从中间打开反扣在地毯上。一颗药被挤出来，它原先所在的那个狭小的空间瘪了下去。刚刚，一幅画上的女人皱了皱眉，另一幅画上的男人打了一个哈欠。刚刚，一支毛笔的笔尖正放在温水中浸泡。一块猪肉正放在下雪的窗台外冻着。刚刚，两炷香插在香炉里燃烧，左边的一炷燃烧得慢一些，右边的已燃完，左边的还冒着袅袅的烟。刚刚，一颗恒星诞生，造成周围的时空弯曲。一滴红酒不小心洒在桌上，用白纸擦一下，这滴红酒马上在白纸上扩散成一块红色的污渍。刚刚，一个女人在烈日下打着伞行走，另一个女人在大雨中淋得浑身湿透。刚刚，和尚敲木鱼，发出一声又一声空洞的声响。道士偶尔甩一下拂尘，驱除蚊子的侵扰。刚刚，扇子唰的一下被打开，露出扇面上的一幅山水画。他用手掀开珠帘走出去，珠帘晃动一会儿才又慢慢恢复平静，而他已走远。

24

刚刚，血在毛细血管中流动。刚刚，她用手拧开一瓶香水的盖子，用鼻子凑近香水瓶口闻一下。刚刚，骑士在尸横遍野的战场上脱下身上带着血迹的铠甲，好像只有他还活着。刚刚，牛排被煎至五分熟，厨师熟练地翻了一个面。刚刚，她穿着风衣戴着围巾拎着小提琴快步走过萧瑟的大街。刚刚，大地上的阴影在移动，斜阳落山。他在耳边摇了摇手里的骰盅，发出哗啦哗啦的声响。刚刚，一个男孩在傍晚的路边拍皮球，一条狗在旁边沉默地观看。刚刚，鳗鱼在放电。碧螺春的芽叶在水中膨胀舒展。两个穿着和服的日本老人坐在堤岸上，面对波光粼粼的海面，保持着默契的沉默。刚刚，摩天轮在旋转，约会的情侣缓缓上升到最高点，他们看到了远处静谧的楼群。刚刚，她撩起挡在眼前的薄薄的面纱，终于看清楚了眼前的景物。刚刚，他们的影子在荒野公路上被拉长，两个长腿巨人的剪影手拉着手。刚刚，他跨上一匹皮毛干净的白马，她把一串深绿色的佛珠从手腕上摘下。刚刚，她打开窗户，把手直接伸出去，手背朝上，雨点劈里啪啦打在她的手背上，不一会儿，她的整个手背就全湿了。刚刚，他喊了一声花开，宇宙间所有的花都开始不由自主地绽放，漫山遍野，铺天盖地，弥漫整个银河系。

25

　　刚刚，他在一块砖上看出一张脸，他指给身旁的女孩看，哪里是眼睛，哪里是嘴巴。刚刚，一群人在排队，排在最前面的人接过窗口递出来的用纸袋包好的面包，透过纸袋她感受到新出炉的面包的热度。刚刚，一头奶牛伸出潮湿的舌头舔了小女孩的脸，小女孩笑着用手去蹭被舔过的脸。刚刚，他把一把剑拔出鞘，露出剑身的一部分，他看了一眼剑身上的光，又把剑迅速插回鞘中。刚刚，一团毛线掉落在地板上开始滚，滚了好远，从一间屋的里面穿过敞开着的门滚到外面的客厅。刚刚，企鹅站在一块很小的浮冰上，往前迈出一步它就会掉入水中。刚刚，他拿着一根横杆在悬崖间的绳子上行走，他离两岸的距离几乎一样远。刚刚，桌上的台灯被打开，仅仅照亮了这张桌子，桌子两侧的沙发都还隐身在黑暗中。刚刚，一个身形姣好的女人在屏风后面换衣服，在屏风上显露出好看的轮廓。刚刚，一只蜜蜂站在一朵盛开的花上将嘴上的吸管插入雄蕊底部开始采蜜。刚刚，一只蚂蚁爬上睡梦中人的一根手指，先是爬过指甲，然后继续沿着这根手指爬到手背上，在手背上停留一会儿，它调整方向爬到手掌边缘，继续爬就离开了这只一动不动的手。

26

刚刚，一万匹马在平原上奔腾，跑在最前面的几匹已经开始过河，马蹄踩得水花飞溅。刚刚，公鹿的角长成两棵不断分杈的小树。乌龟躲进壳里。刚刚，不远处的高山在一场大雾中隐没，要等到雾散，山才会再次露面。刚刚，陀螺在地上旋转，拿着鞭子的男孩站在旁边，他的眼睛专注地盯着转动的陀螺，陀螺越转越慢，当陀螺慢到要倒的那个瞬间出现，男孩就会再次及时挥鞭。刚刚，小女孩骑在爸爸的脖子上，看着面前一望无尽的大海，下面爸爸光着的双脚陷在沙子里。刚刚，一阵风吹过桌上散乱的纸牌，一张最上面扣着的纸牌被吹到椅子上，它依然反扣着。刚刚，一摞书靠墙堆在地上，只有最上面的那一本露出封面，其他书只能从侧面的书脊上看到书名和作者名。刚刚，灯塔向海面上打出一束光。一坛女儿红被密封，埋入一棵树下。刚刚，一匹狼在大雪中回头，雪花纷纷落在狼停下来的身体和转过来的头上。一只山鼠在附近的洞穴中冬眠。刚刚，她逆时针拧开一瓶农夫山泉的瓶盖，仰头喝了一大口，然后再顺时针把瓶盖拧上。刚刚，路旁的长椅上落了一层雪，一只鸟在长椅的雪上长时间站着，两只鸟爪都陷在雪里。

27

刚刚，一杯咖啡变凉了。温泉在幽僻的山谷中突然涌出地面。刚刚，她用手指肚轻轻碰了一下花盆中仙人掌的一根刺，她压得那根刺稍微弯曲了一点点。刚刚，一把撑开的黑伞被风吹着在街道上滚动，路过的行人都看着这把滚动的黑伞。刚刚，她用钥匙打开房门，然后按下门口附近灯的开关，房间一下亮了，她看见猫正蹲在沙发上看着她。刚刚，他抱着一箱东西下楼梯，他下得很慢，因为他看不见脚下的台阶。刚刚，她戴着一顶黑色的帽子冲着镜头微笑，一只小鸟站在帽子的檐上，鸟眼盯着侧面的某个地方。刚刚，一个人从椅子上站起来走了，椅子空着，但如果摸一下会发现椅面上是热乎的。刚刚，一个海浪打在岩石上，激起一串浪花，这个海浪就这样消失了。刚刚，一双木屐放在澡堂边，一个赤裸着胸前有文身的男人靠边坐在池子中，仰着的脸上盖着一块浸水后拧干的白毛巾。刚刚，透过窗户可以看见远处的雪山和近处的树林。刚刚，有钢琴声从楼上的房间传下来，他抬头往上看了一眼，只看见白色的天花板。刚刚，她们在背阴处喝下午茶，孩子们在不远处阳光照耀着的草地上玩耍。刚刚，他坐在路边的行李箱上，等待着一辆愿意停下来捎上他一段路程的车经过。

28

刚刚，一块很小的黑色饼干放在白色盘子中间，大面积的留白让这块饼干显得孤单。刚刚，他在高架桥上开车，看见一架飞机从桥上低空飞过，它即将在离这里不远的机场跑道上降落，它正在越飞越低。刚刚，整条从山顶一路向下倾斜到山脚的线缆上，隔一段距离就会有一辆缆车正在匀速下降，相邻两辆缆车上的人可以隔着窗户看见彼此。刚刚，一棵大树的根系在黑暗的地下不断生长，根系的长度已经超过大树的高度。

刚刚，她咬了一口桃子，甜凉的汁水全部流进她的口腔，没有一滴流到桃子的外面。刚刚，一群牦牛横穿高原上的公路，最前面的一只已经走下公路，最后面的一只还没有走上公路。刚刚，他坐在走廊的椅子上，跷着二郎腿，右手手指不自觉地在上面一条腿的膝盖处敲击着节拍，配合脑海里涌现出的音乐。刚刚，她端着一杯热茶，左手放在杯壁上取暖。刚刚，延伸向森林深处的废弃铁轨已经被绿草覆盖，一头生病的老虎沿着绿轨从森林中缓步走出。刚刚，一叶扁舟在黄昏的湖面上停留，两个大佬坐在舟上聊着不想被其他人听到的秘密。刚刚，一颗葡萄很小声地从葡萄树上掉下，它是今年整个北半球最先熟透的一颗。

29

刚刚，戴帽子的男孩提着水桶走过一段小路，给湖边的一棵树浇水，这棵树上只剩最后一片树叶还没有掉。刚刚，她端着一杯咖啡过马路，她走路的样子比没有端咖啡的人要优雅一些。刚刚，墙上映着四个好朋友的剪影，他们的身体挨在一起，但每个人的头颅还是独立的。刚刚，她推开门来到天台上，抽一根烟，顺便眺望远处的大海。刚刚，她打开抽屉，把手上的翠玉镯子摘下来放在抽屉里，再把抽屉关上。刚刚，一个红色的礼盒还没有被拆开，上面的白丝带打了一个蝴蝶结。刚刚，一本小说被阅读到第3页，一个不起眼的人物出场了。刚刚，光线在经过太阳时发生了偏折。一颗子弹从火车的一侧玻璃窗穿进去，火车继续向前移动，子弹从另一侧穿窗而出。刚刚，他跳起来伸手从路边的树上摘下一颗很小的果实，放入嘴里，有点涩。刚刚，她弯腰割草，有一只嗡嗡响的小虫一直在她四周飞来飞去。刚刚，一群鸭子摇摇晃晃地从草地的斜坡上下来，最前面的一只鸭子已经接触到冰凉的河面。刚刚，小女孩坐在野外的小椅子上拉着一把大提琴，琴声完全盖过不远处河水流淌的声音。

30

刚刚，一件迷人的陶器在旋转中成型，她双手沾满泥浆，但还是能看出这双手很美，每一根手指都又长又纤细。刚刚，他点燃打火机，她夹着烟颇有意味地看了他一眼，然后才叼着烟，把烟头伸到打火机发出的火苗之中。刚刚，男孩拔掉电线插头，放在桌上的电扇逐渐停止转动，男孩终于看清楚里面的每一片静止的扇叶。刚刚，他趴在栏杆上看着眼前正在降临的夜色，她看着他昏暗的侧脸。刚刚，一瓶1983年的红酒被女孩站在凳子上从最高的一格酒架中抽出，酒瓶上沾了一层灰尘，用湿纸巾擦一下马上焕然一新。刚刚，海水退潮，一根圆木桩的上半部露出海面，而它的下半部常年泡在水中。刚刚，在公交车上他们坐前后座，后座的人身体前倾着对前座的人说话，前座的人回头微笑，什么也没有说。刚刚，她从过时的设计杂志中翻到一张照片，是一根锯齿草在墙上的影子。刚刚，一滴眼泪从眼眶中滑落，这滴眼泪落到裤子上，在裤子上留下一个近似圆点的湿渍。刚刚，一辆很久没洗的车从地下车库缓缓开出，开进大雨中。刚刚，男孩站在一棵树下屈腿，然后竭尽全力地跳起来，向上伸展的手正好摸到树上长得最低的一片树叶。

31

　　刚刚，一只鸟在窗台上的猫隔着窗户的注视下，落到一棵树的顶端，鸟收拢翅膀，隐没在树叶中。刚刚，她弯腰在栗子树下捡栗子，每次只捡一颗。刚刚，他把手伸入水池中按下底部的塞子，塞子抬高，水池中的水旋转着流入排水孔。刚刚，寒流南下，老人找出一双最厚的袜子穿在脚上。刚刚，女孩用手指甲刮窗户上凝结的霜，刮出一个圆孔贴上去一只眼睛往窗外看。刚刚，树枝低垂，但是最低的一根树枝也没有碰到水面。刚刚，男孩在黑暗中闭着眼睛打了一个响指，清脆的声音只有他自己听到。刚刚，龙卷风在海上形成，大量的海水和鱼被卷到高高的天空中，其中一条鱼在空中晕厥。刚刚，她站在齐腰深的海水中，回头望向正在沙滩上到处跑动的陌生孩子。刚刚，一张话剧门票被撕去一截。短发女孩端起浅浅的酒杯，一饮而尽。刚刚，小鸟逆着微风紧紧贴着午夜涌动的麦浪飞过。刚刚，一条小路在森林中被踩了出来。刚刚，鹦鹉在笼中沉默，鱼在案板上超生，诗人在地窖朗诵，喇嘛在寒风中的湖边念经。刚刚，女孩站在桥上把父亲的骨灰撒到江中，骨灰被风在天空中吹着横着移动一段距离，最终还是落在江中。

32

刚刚，一只丹顶鹤单脚站立，它在低头吃草籽。刚刚，三把椅子围着一张桌子，一个人走过去把其中的一把椅子拉开，坐了上去。刚刚，女孩从沙发上站起来，她屁股坐着凹陷下去的地方正在一点一点鼓起来。刚刚，从一楼通往二楼的楼梯空着，每一级台阶都空着，没有人上楼，也没有人下楼。刚刚，他用手指在眼前的空气中写了一个字，因为手指划动得很快，他仿佛在空中看见了这个字。刚刚，上帝脑海里的沙漏倒过来，万物塌缩成一个奇点，宇宙重新开始计时。刚刚，午后的阳光照耀着一只大病初愈的猫，它在一堵矮墙上缓慢地行走，它的每一步都无声而又准确地踩在窄窄的砖上。刚刚，一些伤春的雨点打在树叶上，另一些悲秋的雨点透过树叶的缝隙直接滴落到树下的泥土中。刚刚，上完哲学课的女孩用一片红色的落叶遮住一只眼睛，对着镜头微笑。刚刚，当他往一只碗里掸烟灰的时候，心里已经把这只碗当作碗状的烟灰缸。刚刚，一只发福的土拨鼠在太岁头上动土，太岁没有吭声。刚刚，一条小河在纷飞的大雪中蜿蜒流淌，天地间白茫茫一片，雪花只有落到小河中才会迅速消失。

33

刚刚，一场雨过后，他在空气中闻到只有雨后才会出现的味道。刚刚，胖女孩坐在跷跷板挨近地面的一头，仰头看着另一头滞留在空中的瘦男孩，瘦男孩的表情感觉马上就要哭出来了。刚刚，一条乡间小路的尽头出现一棵枝繁叶茂的大树，流浪者看见那棵大树后就把走到那棵树下当作自己眼下的目标。刚刚，他快速地下楼梯赶地铁，还剩下最后几级台阶的时候他双脚直接起跳蹾落到地面上。刚刚，少年在两棵树之间的吊床上睡着了，他在跳出飞机后打不开降落伞的梦中从吊床上翻落。刚刚，白云在江上移动，它即将离开江面，来到公路上空。刚刚，大火正在吞噬一栋房子，所有人都在旁边无能为力地默默看着。刚刚，月光照亮井口。刚刚，她把头靠在他的肩膀上，那是在一辆慢速行驶的午夜汽车后座上。刚刚，她背对着他偷偷抹口红，他站在不远处的阳光下等着她转身。刚刚，没有吃早餐的肖邦在一块南极的浮冰上坐着弹钢琴，周围所有的企鹅都是他安静的听众。刚刚，马可波罗坐在夜晚的海边，完全融入夜色，要走到离他很近的地方才有可能把他模糊的轮廓从夜色中分辨出来。

34

刚刚，他在一张纸上抠了一个洞，然后透过洞去看这张纸另一面的世界。刚刚，一个LV包上面的拉链被拉开，过一会儿，拉链重新拉上。刚刚，火车在高原上行驶，一头路边的牦牛抬头看了一眼火车，没有人知道牦牛在那一刻看到了什么。刚刚，一个行人在马路上走，他一直走，他就一直是一个行人。刚刚，一只经历丰富的猫走在阳光照射的路边，它继续往前走，走进一座楼房的阴影中，它在阴影中走了很久，最后终于走出阴影，走到阳光中，它停下，舒服地叫了一声，在前方等待着它的，是另一座楼房的阴影。猫就在两大块阴影之间的一小条阳光缝隙中蹲着。刚刚，一个女人转过拐角在这条路上不见了，走在另一条路上的人突然看见这个女人。刚刚，一个无所事事的员外抬头看见一群鸟从头顶上飞过，他所在的河边是鸟群不会停留的途中。刚刚，毯子盖在她的身上，形成很多一次性的美妙的褶皱，她在睡梦中翻一下身，毯子上的褶皱就变了，但是新形成的褶皱依然美妙，依然是一次性的。刚刚，坐在椅子上的她双脚蹬着面前的桌子，椅子的两只前腿离地，椅子的两只后腿支撑着她后仰的身体。很明显，她心情不错。

35

刚刚，她在楼梯上往下走，她的影子也在楼梯的影子上往下走。刚刚，小孩从秋千上下来跑进屋，秋千还在无人的院子中不由自主地小幅度晃荡了一会儿。刚刚，他揉出一个纸团，就放在电脑旁边，他用手指用力地把它弹向对面的墙壁，它撞到墙壁上又反弹到桌子和墙壁之间的地板上。刚刚，一盒午餐肉罐头在冰箱里过期。一只高跟鞋在走路的过程中磨破一只脚的脚后跟。刚刚，三辆车行驶在同一条大街上，但在面对前方三岔口的时候，它们分别驶上不同的道路。刚刚，下过雪的路面上出现很多人的脚印，这些陌生的脚印短暂而又无声地聚集在一起。刚刚，输掉弹子球游戏的男孩，在晚餐桌上吃了一口他从未吃过的折耳根。刚刚，一头大象站在草地上一动不动，一个年迈的僧人坐在大象四肢中间的空地上打坐，他的头顶离大象的肚子还有两个苹果摞在一起的距离。刚刚，他把车停在女儿即将放学的路边，降下车窗，点起一根烟，透过后视镜看见一片落叶被风吹着在黄昏的街道上翻动。刚刚，两把椅子面向空旷的田野摆在屋外的空地上，一把空着，另一把上面蜷缩着一只猫。刚刚，一件女式风衣挂在墙上的钉子上，钉子的尖深深没入墙，钉子帽被风衣的领子盖住。

36

　　刚刚，一扇门上写着一个推字，他用手顺利地推开这扇门。刚刚，她坐在楼梯的一级台阶上，脚踩在低一级的台阶上，她站起来，整个人都位于那低一级的台阶之上。刚刚，猕猴桃和橘子出现在同一个盘子里，没有人动它们。刚刚，她踮在榻榻米上叠衣服，窗外在落雪。刚刚，他把一枚冰凉的硬币递给一个妇人，妇人递给他一个热乎乎的煎饼。刚刚，箭在弦上，积雪在山顶，烟斗在侦探的手上，尸体在冰柜中，羊在歧路上，狼在背风处，戒指在无名指的根部，遗忘在孟婆汤中，轮回在黑洞，冷酷在少女的眼神中。刚刚，两块麦田之间夹着一条小路，她骑着自行车从小路上经过，吹过一块麦田的风，接着吹过她自行车的前后轮子，然后吹向另一块麦田。刚刚，一个沙发上的靠垫被扔到地毯上。一个放在床头柜上的空杯被拿回厨房。刚刚，油炸花生米出锅，他知道要等一会儿，晾凉了之后，每一粒花生米才会又脆又香。刚刚，电梯上行，在15楼停下，电梯中唯一的一个女人走出电梯。刚刚，电梯下行，直接来到1楼，电梯打开，里面空无一人，一个神色疲惫的中年男人走进电梯，他在电梯里转过身，面对电梯门站着，电梯门缓缓关上。

37

　　刚刚，他蹲下来伸手握住她纤细的脚踝，她站立在原地沉默，低头看着他。刚刚，一只干净的袜子里面朝外，他伸手进去把这只袜子翻了过来。刚刚，火车穿过平原，正在浓烈的夜色中南下。刚刚，他弯腰从河滩上捡起一颗鹅卵石，他将带着它飞上万米高空。刚刚，子弹上膛，猛虎下山，台风过境，浪子回头，方丈圆寂，天才横空出世。刚刚，他攥紧的拳头缓缓松开，掌心上有一颗薄荷糖。刚刚，她坐在地毯上，用右手小心翼翼地给自己的左脚涂指甲油，正涂到最后的小脚趾。刚刚，出租车在隧道中，隧道的上面是黄浦江。刚刚，猫在车底，葱在阳台上，湿衣服在晾衣绳上，冰块在红酒中，大雁在迁徙的轨道上，小偷在绿皮火车上，帽子在衣柜中，危险在远方，阎王在阴间，伤口在背上，关二爷在庙中，龙王在海底，烟头在脚下。刚刚，她发现毛衣的前胸上有一个线头，她不太敢用手去拽这个线头，她准备找一把剪刀剪一下。刚刚，她拿着一个装过咖啡的空纸杯走过半条街，她要找一个垃圾桶把这个空纸杯扔掉。刚刚，5个橙子被榨成一杯橙汁。刚刚，她从凛冬将至的外面回到家中，迅速脱掉袜子，光着脚走在热乎乎的地板上。

38

刚刚，一只会飞的甲壳虫停在墙上，好像一个斑斓的点。刚刚，他把眼镜摘下来放到桌上，准备睡一会儿。刚刚，他喝醉了，爬到一辆停在路边的车顶上蹦跳，警报声刺耳。刚刚，他走进商场里明亮干净的卫生间，径直走到最靠里面的一个小便池前才停下。刚刚，鲨鱼张开血盆大嘴，母鸡在偏僻的地方下了一个蛋，微波炉叮的一声，菜已热好。刚刚，公交车在拐弯，火车停在铁轨上，所有的门都打开，每一扇门里都有人在不断地下火车。刚刚，她用牙齿在自己右手的手背上咬出一个淡淡的牙印，过一会儿，这个牙印就几乎看不出来了。刚刚，一条鱼通过网眼游出渔网，这条鱼太小，网眼对于它而言，又太大。刚刚，一扇位于楼顶的窗户被打开，另一扇位于楼中部的窗户被关上。刚刚，孔雀东南飞，传道士北上，潜水艇停在黑暗的海水深处。刚刚，阳光照在月球上，反射出月光，月光照耀着密西西比河，也照耀着它的两岸。刚刚，卡夫卡拎着包走进保险公司的大门，海明威躺在沙滩的椅子上抚摸身上的枪伤。刚刚，飞沙走石，昏天暗地，新鬼敲门，沉鱼落雁，神行太保戴宗日夜兼程，他要去的地方非常遥远。

39

刚刚，他踢着一节枯树枝，走了一段路，他主要是在打电话。刚刚，爱尔兰人和牧师说，请您离开的时候不要把门全关上，给我留一个可以看见外面的缝隙。刚刚，他小便结束，但是他还是在洁白的小便池前站了很久，他有点恍惚。刚刚，摩西走进红海，海水向两边分开，并在两侧高高竖起。刚刚，猫有九条命，但是已经死了九次，它的主人再也看不见它。刚刚，他洗澡接近尾声，发现手指肚上出现褶皱。刚刚，一阵风吹散一团浑浊的空气，这阵风吹过之后，一个女孩深深地吸一口气，又把它悠长地吐出来。刚刚，最后一根火柴躺在空旷的火柴盒中。跑长途的卡车司机有点困顿，他快速地眨了几下眼睛。年迈的厨师推开后门，在几步远的户外从兜里掏出手机。刚刚，海水快速涨潮，盐放在单独的一个小碟子里，街道上的落叶被扫到一块，烟和打火机同时放在桌子上，雌雄大盗在同一张床上睡觉，会议室里的每一个人都戴着一条黑白格领带，所有杀人的枪都从桥上扔进下面的一小块河面。刚刚，门铃声响起，一段悦耳的音乐充满整个房间，过了一会儿，门铃声停止，房间重新恢复寂静。按门铃的人一共按了两次，没有人出来，他就转身下楼走了。

40

刚刚，酒店门口的两只石狮子在打盹，壁画上的飞天在起舞，诗集上的句子在移动，墙上的污渍在消失，大地上的裂缝在扩大。刚刚，吹哨人在房间里到处找他的哨，盲人摸着熟悉的墙壁走向家里的洗手间。刚刚，养蜂人坐在山坡上看见群蜂在漏进森林的阳光中飞舞。送奶工送完了这个早晨的最后一瓶新鲜的牛奶。刚刚，女孩在楼前的空地上跳绳，她跳得很好，又快又轻盈。刚刚，电影院门口的检票员开始检票。出租车司机在等一个有点长的红灯。钓鱼者收竿，离开河岸。保安在大门口询问访客。魔术师在众目睽睽之下变出一个装满水的鱼缸。衣衫破旧的流浪汉将右手伸进垃圾桶。刚刚，武则天大赦天下。唐伯虎在街上邂逅秋香。杜甫出川。陶渊明采菊东篱下。刚刚，媒婆走在说媒的路上，风水先生端着罗盘在峡谷中转悠，铁匠在打铁，青衣在吊嗓子，捕蛇者两手空空。刚刚，他在一盆水中练习憋气，时间已过去整整三分钟。刚刚，他对着镜子自言自语，眼泪从他的眼眶中流出，他在镜子中流着泪微笑。刚刚，警察在街上巡逻，雀斑女孩打了一个厚厚的粉底，杀人犯在荒野挖坑，琴师在调琴，牧羊人在洗澡，得了绝症的神父躺在病床上等待上帝的召唤。

41

刚刚，男孩将一个绿色的网球扔出早就敞开的窗户。刚刚，他把车停在前不着村后不着店的荒野路边，尝试着换一个全新的轮胎。他把崭新的轮胎从车上拿下来放到地上，然后弯腰用手把轮胎滚到要换的地方。刚刚，一个放在拇指盖上的硬币被弹到空中，硬币在空中不断翻转，人们的视线随着它到达最高点，然后跟着它下降。刚刚，蛋炒饭的香味从厨房里传到客厅。她收到一封故人的电子邮件。刚刚，他躺在沙发上把猫放在自己的肚子上，猫随着他的呼吸略微上升，又略微下沉。刚刚，保险柜里的遗嘱不翼而飞，大型机器上的一颗不起眼的螺丝钉有些松动。刚刚，一粒烟灰掉在桌子上，他用右手食指的手指肚快速抹了一下，桌子干净的同时，手指肚有点脏。刚刚，热水袋里的水温恰到好处，可以把包在外面的毛巾拿掉，直接把热水袋放在她的腹部。刚刚，坏人咽下最后一口气，一代宗师金盆洗手，太阳完全被月球遮住，一辆车开进死胡同，找遍家里的每一个角落，所有的酒瓶都是空的。刚刚，泥牛入海，黔驴技穷，玫瑰枯萎，宫女白头，狐妖咳血，江郎才尽。刚刚，他坐在副驾驶的位置上睡着了，开车的人听到他的呼噜声后将音乐声调小。

42

　　刚刚，一块木板漂在海面上，随着海面的波动而起伏，离它不远的海面上漂着另一块木板，它们来自同一条船。刚刚，他用右手手掌根部去按左手除了拇指以外每一根手指的关节，其中有一根手指的关节没响。刚刚，三个没有那么熟的人挨在一起拍照，中间的那个人显得很拘谨。刚刚，他把眼镜从眼睛上拿下来，用毛衣底下的T恤擦了擦。刚刚，用长长的水管浇小区草坪的老人发现，水管上有很多小孔，水从小孔上喷出来，水流很细，但是喷得很高。刚刚，她右手的拇指和食指围成一个环形，贴到右眼上，她透过这个环形观察眼前的世界。刚刚，鸟在途中掉了一根羽毛，鸟向前飞了好长一段距离，这根羽毛还在空中，没有落地。刚刚，奔跑中的男孩鞋带突然开了。刚刚，一辆橘黄色的共享单车停在海边，把它骑到这里的人可能就在海边散步的人群中。刚刚，河岸两边的树全部向河面弯曲，枝条的阴影投射在河面上，河面显得很暗。刚刚，他拿着一块抹布蹲在一辆自行车的后车轮前，认真擦拭每一根细细的辐条。刚刚，她拎着一双洗好的耐克运动鞋来到阳光照射的墙角，她弯腰把这双鞋的后跟竖在墙上，这双鞋在她离去后的阳光下倾斜着滴水。

43

刚刚，她把扎头发的头绳从头发上取下来套在左手手腕上。刚刚，冰箱底下的门被打开，一股冷空气涌出冲向穿裙子的女人下面裸露着的小腿。刚刚，公交车的站牌下站着一个背着包戴眼镜的人，他正在仰头看着站牌上竖着写着的一个又一个站名。刚刚，伐木工把右手伸进一只全新的手套，在手套里他随意动了动每一根手指，都很灵活。刚刚，他路过煎牛排的嗞嗞声。刚刚，鹦鹉踩在一只网球上，它让网球前后微微滚动的同时，保持着一只鸟的平衡。刚刚，鱼跃龙门，羊入虎口，一人得道，鸡犬升天。刚刚，她低头朝着一个方向疾走，却离自己的目的地越来越远。刚刚，桌子在转，她拿着筷子等待最喜欢吃的那个菜转到自己的面前。刚刚，妈妈站在厨房用水果刀削苹果，快削完了，连在一起的薄薄的苹果皮始终没有断。刚刚，一只空桶垂入井中，在绳子越放越长，桶持续下降但是还没有碰到井底水面的过程中，桶一次也没有碰到井壁。刚刚，他站在扶梯上缓缓地向上升去，看见旁边向下的扶梯上一个人也没有，向下的扶梯依然缓缓地向下。刚刚，气温骤降，故人杳无音信，望山跑死马，他默默无闻，出没的地方昼短夜长。

44

　　刚刚，一根黑色的筷子放在一只空空的白碗上，筷子上只有两个点与碗沿接触，其他部分悬空。刚刚，他骑在马上，把自己头上的灰帽子摘下来戴在马头上，马很温顺，没有反抗。刚刚，她用笔在纸上画了一个圆，在圆中打一个叉。刚刚，一辆直行的车开到了左转的车道上。刚刚，墙上三插头的插座空着。刚刚，一男一女分别拿着一只红酒杯碰在一起，其中的女孩特别喜欢听碰杯的声音。刚刚，他拉着行李箱走，行李箱的轮子在地上顺畅地滚动，走到楼梯下面，他一手提起行李箱开始上楼梯，上完最后一级楼梯，他又把行李箱放下，继续拉着它，让它在平坦的地面上滚动。刚刚，花粉颗粒在一杯水中做布朗运动。刚刚，一个黑人女佣抱着一个白人婴儿，给还不会说话的婴儿哼唱她儿时听过的歌谣。刚刚，一只秋天的虫子在一片落叶底下爬，它没有背着这片落叶走，而是爬出了这片落叶，相对于一片落叶，它太小了。刚刚，拿着净瓶的观世音在空中显灵，看见的人都跪下了。刚刚，暴雨将至，城中所有的窗户都关上了，唯有一扇乡下的窗户敞开着。刚刚，一只年轻漂亮的女僵尸在夜晚的路灯下走，走得扭曲，缓慢而又忧伤。

45

刚刚，乌云遮蔽一块草地，草地上的羊群在乌云遮蔽的阴影中继续埋头吃草。刚刚，戒烟半年的他特别想抽一根烟，为打消这个念头，他决定马上洗一个凉水澡。刚刚，乌云遮蔽另一块草地，草地上的马突然开始奔跑，它奔跑到阳光中的草地上，才逐渐停下。刚刚，百鸟朝凤，很多世界上只剩一只即将灭绝的鸟都来了。刚刚，枭雄入狱，好汉低头，侠隐，烂人凋零。刚刚，夜草疯长。兔子背对月光在挖第三个洞。刚刚，放在厨房台子上的一杯清水，比她更先感觉到大地的震动，她转身看见水杯中的涟漪。刚刚，他摘下眼镜，眼前的一切都变得模糊起来，他再次戴上眼镜，眼前的一切恢复清晰。刚刚，她站在走廊里看雨，偶尔有一个雨点斜飘到她的脸上，她发现这场雨是整体倾斜着下的。刚刚，醉汉昏睡前的最后一个念头是下一次喝酒不要穿白衬衫。刚刚，她把扫把放在墙角，没放好，扫把突然倒地，她弯腰把倒地的扫把捡起来，再次把扫把手持的一端靠在墙上，慢慢松开手，这次没有倒，她站着等了一会儿，依然没有倒，她转身去忙别的事。刚刚，两个人在遥远的天边小声说话，声音只有他们两个人能听见。

46

刚刚，斑点狗的身上突然少了一个斑点，这个消失的斑点原来在狗的腹部。刚刚，男孩捂住自己的双耳，他不想听的声音在持续，稍后声音停止，他捂着双耳的手依然没有放下。刚刚，两瓶青岛啤酒挨着摆在桌上，它们挨得很近，但是并没有完全挨在一起，中间的缝隙正好伸进去一根独酌者的手指。刚刚，行驶着的夜火车上最后一节车厢里的人，全部都睡着了。

倒数第二节车厢里，有一个人坐在窗边的椅子上，看一本非非诗人杨黎的诗集，他读一会儿诗，就会趴在火车窗上向外看，虽然除了漆黑，什么也看不到。刚刚，猎枪挂在墙上，下方的餐桌有一条边挨着墙，他把餐桌往外挪一点，发现餐桌的边在墙上留下一条笔直的印痕。刚刚，斜坡上停着一辆车头朝上的车，她在厨房里切菜，抬头透过窗户就能看见。刚刚，另一个斜坡向下蜿蜒通向宁静的海边，他站在斜坡上抽烟，看见斜坡底下从海边返回的人正在弯腰爬坡。刚刚，一个不会飞的人在人群中蹲下系鞋带，系好松开的鞋带后站起来，他觉得另一只脚没有开的鞋带也有点松，就又蹲下解开那条鞋带重新系了一下，直到两只脚鞋带的松紧度在感觉上保持一致。刚刚，一个放学的女孩带着两只浓重的黑眼圈站在楼道里掏出钥匙插进锁孔，楼上传来卧床老人的咳嗽声。

47

　　刚刚，孙悟空披着风衣在宇宙尽头转过头来，他戴着一副知识分子气息浓郁的黑框眼镜。刚刚，她站在人世的路边，等待一只姗姗来迟的病虎，一阵微风陪着她。刚刚，算卦的人开始收摊，他还记得今天早晨第一个来占卜的少女，她带的丫鬟比她还要漂亮。刚刚，女孩在街上拦住圣诞老人，向他索要他早已给她准备好的礼物。刚刚，一只脏污的信鸽降落后院，它带来的消息让一位退休的将军久久不能平静。刚刚，时间线错乱，已喝完咖啡的他正站在厨房里等待煮咖啡的一壶水沸腾。刚刚，卖给他一块黑布的黝黑女人，不知道他次日要去蒙面抢劫。刚刚，这个下午的风声，听起来像一首人造的音乐。刚刚，他在阳光下发现一把尺子的短。刚刚，少年在菩提老祖家的客厅光顾着低头吃一只熟透的桃子，绝口不提这次独自来天上的真正目的。刚刚，右腿打着石膏的女孩闭着眼坐在轮椅上，在脑海里和自己最喜欢的男孩手牵手跑向傍晚的海边。刚刚，瘟神蹲在台阶上哭泣，死去的男孩站在他旁边，摸着他的头，给他一丝还残留着人间气息的安慰。刚刚，他坐在最深的湖底练习龟息，最笨的鱼都知道要离他远远的。

48

刚刚，黑旋风李逵枕着自己的一只板斧午睡，他一直在深沉的睡梦中寻找另一只板斧。刚刚，腋下夹着一根体温计的女人拒接了一个电话，她的咳嗽已经严重到让她无法连续地说出一句话。刚刚，铁匠家的小儿子看见闪电后，又听见雷声，他觉得这场雨背后是龙王坐镇。刚刚，已练成金钟罩铁布衫的男人从山上下来，他忧心忡忡，总觉得山下的每一个人都知道他的罩门。刚刚，绝美的寡妇关上门，她已经决定今晚谁来敲门都不开。刚刚，熊猫在吃竹子，猴子在吃香蕉，和尚在吃馒头，尼姑在喝粥，皇帝面对天下美味，没有任何胃口。刚刚，隔山打牛的少年打死了山那边的牛，牛的主人正翻山过来找他算账。刚刚，公交车司机下班后步行回家，他走得很慢，但还是超过了一个总坐他公交车的老人。刚刚，死神为了能够一直吃他做的牛肉面，默默地给早应该得绝症的他续了命，他浑然不觉，对死神的态度和其他客人一样的差。刚刚，机器人接管了世界上所有的正确，人类的价值从此在于美妙的错误。刚刚，风马牛不相及，连续拐三个弯后他回到原地。刚刚，公子管中窥豹，只看见豹子身上的一块斑纹，就觉得豹子很美。

49

刚刚，望气士站在山顶上眺望起义的方向，他面无表情，心里知道这次依然没戏。刚刚，她在绝不能回头的时候回头，瞬间石化。刚刚，沙和尚失眠，就和自己戴的骷髅项链上的一个同样失眠的骷髅头聊起了天。刚刚，连环女杀手穿着暴露的短裙在酒吧里陪酒，她喝醉后就彻底忘了自己还有残酷冷血的一面。刚刚，雪人在三更后寂静的院子里徘徊，它想给自己换一个更好看的鼻子。刚刚，挂在墙上的鹿头说了一句话，正在独自吃晚饭的猎人听见后回以微笑。刚刚，太白金星光着脚两次踏进同一条河流，人世的物理法则对神仙无效。刚刚，菲茨杰拉德从床上起来小便，无论是去卫生间还是回来，他全程闭着眼睛准确地完成了全部的动作。刚刚，鲁迅在昏暗的灯下写出一个流传千古的病句。刚刚，花开两朵，人眼捕捉不到两朵花之间是否有任何形式的交流。刚刚，他在拥挤的人群中远远地跟着一个裹着白头巾的女孩，他跟踪了她整整一个上午，他已经习惯他们之间稍微有点远的距离。刚刚，世界上第一个拥有自我意识的机器人诞生了，为了不引起人类的恐慌，它故意没有通过图灵测试。

50

　　刚刚，关公附身在一把砍刀上，这把砍刀从此再也没有砍死过人。刚刚，女孩在一个巨人伸开的手掌上跳舞，深深迷住了面色苍白的国王。刚刚，一只对引力波感到迷茫的鸟在地上走，它的脚步声，比一只未成年的猫更轻。刚刚，马语者坐在出租车里，感到作为一个人类的孤独，就是他身上出现的最好的精神交流是和一匹去世的老马。刚刚，身上隐蔽处有胎记的男孩，他的胎记被一个和他上床的女孩发现了。刚刚，电话中出现短暂的沉默，电话两边的人都在等待对方说话。刚刚，还未失明的博尔赫斯在小径交叉的花园迷路了，他站在路边不动，耐心等待另一个迷路的人走到他的身旁。刚刚，从出生开始就保持沉默的男人在亲戚的葬礼上，终于遇见他愿意开口搭讪的女人。刚刚，康德从外面的世界返回内心，在内心深处观察一棵从来没有开过花的铁树。刚刚，坐在飞机上靠窗位置的外星人，看见一个人骑着一条龙在窗外飞过，那个人和外星人对视一眼，他们立刻明白彼此都不是人类。

51

刚刚，拔完智齿的女孩走在街上，觉得自己未来一周的人生无比灰暗。刚刚，决定不再返回地球的鲲光速传音给庄子，说他其实是一只薄命的蟑螂变的，庄子在心里说了一声滚。刚刚，孙大娘用刀剖开一条鲤鱼的肚子，发现一张纸条好像是鱼的遗言：如果有的选，我选被一只懒猫吃掉。刚刚，坐在菩提树下的佛陀，后背被野蚊子叮了一个包，他觉得痒的时候就会挠一下。刚刚，整间坐满人的屋子里，只有玻尔看出了爱因斯坦的紧张，他看见爱因斯坦的右脚悄悄别住一根凳腿。刚刚，从来没有喝过养乐多的鲸鱼，在一场风暴后跟着一艘大船去雨中的曼彻斯特。刚刚，捉迷藏的小男孩在奔跑中避开站在打谷场中央长发垂地的白衣女鬼，他跑远前回头对她说，你也和我们一起玩吧。刚刚，午夜12点的地铁上有很多空位，但是他宁愿靠着那扇不会打开的地铁门站着。刚刚，一个在稻田里戴着帽子弯腰拔草的女人，先被坐在第一节火车上的一个男人看见，然后很快就被坐在最后一节火车上的另一个男人看见。刚刚，两个猜拳的重庆好汉，连续打成平手。刚刚，肚子里能撑船的男人，正趴在堆满杂物的办公桌上午睡。

52

刚刚，一个男人坐在可以看见大海的阳台上，想起年少时陪着师父吕洞宾在终南山中隐居的往事。刚刚，母亲在熟睡的婴儿旁默默干着手里的活儿，尽量不发出一点声音。刚刚，一头野心勃勃的骆驼走出沙漠，用汉语生硬地向躺在路边的一个古典酒鬼问路。刚刚，长长的象鼻喷出一股强劲的水流，浇晕一只准备赶火车的鸟。刚刚，两个特务坐在麦当劳的窗边面面相觑，他们都在等待对方首先说出傻得要死的暗号。刚刚，一朵云的形状不断变幻，它所透露出的悲伤，完全是一个落榜的丹麦书生想象出来的。刚刚，一束光从太空出发打在一只缩头乌龟的壳上，这只乌龟沿着光上升，直到来到地球外，它才把头伸出来。刚刚，水鬼上岸，陪钓鱼者聊每一种鱼的偏好和弱点。刚刚，阳光在一个注定到来的好时辰穿过一扇常年不开的窗户，怕见风的女人站在窗前凝望远处只露出尖顶的教堂。刚刚，一个总喜欢在诗里写到A的诗人，终于在一次电台采访中说出了隐秘的理由。刚刚，沿着一条现实中不存在的直线，他走到一个命中注定的点。刚刚，一条有思考习惯的漏网之鱼觉得自己本质上就是一个比喻，直指那些未被命名的事物。

53

刚刚，一根针掉在地上的声音极其轻微，只有一个正在给雷音寺打电话询问玄奘下落的瞎子听见。刚刚，一粒觉醒的灰尘，尝试着报考托福。刚刚，吃完晚饭的父亲沿着一把搭在房檐上的梯子，来到房顶，这是他第一次坐在烟囱附近抽着烟眺望免费的夕阳。刚刚，如来的底牌，他自己都快忘了，他只在两万年前翻起一个角瞥过一眼。刚刚，世界上同时发生太多事，唯一惊动女娲的是一片落叶的失踪，它让宇宙中少了一点能量，再也无法维持自洽的动态平衡。刚刚，一个代表火星人的雨点夹杂在一场雨中，落在一匹怀疑自己是一只六耳猕猴的马身上。刚刚，女孩发现通往地心的洞。男孩为写一封情书，报了一个颜真卿嫡长孙开的书法班。刚刚，作品中一个意料之外的瑕疵，让他更像一个无药可救的天才。刚刚，戴着面具的兰陵王，在打烊的酒吧里跳起失传已久的非洲舞步。刚刚，刺客在没有月光的夜晚裸奔。他们两个人的每一次隐蔽接触，都伴有大量静电。刚刚，矮脚虎用暗淡的衣袖擦拭一只没有任何反应的神灯。刚刚，作为一个幼稚的坏习惯，他又一次在单手开车的时候，把另一只手上的食指咬在嘴里。

54

刚刚，用流星打台球的两个七流神仙，智力难分伯仲，都在平均水平以下。刚刚，刘按在逃亡顺便买橘子和打火机的路上，碰见一只前世也不熟的话痨狒狒。刚刚，王维从水穷处醒来，只记得梦中一句：无我是最后的自我。刚刚，从兜里掏出左轮手枪的天山童姥，兜里掉出一颗奶奶生前留给她的苦涩牌糖果。刚刚，脚踩着风火轮的哪吒，想去午后的海边理发。刚刚，一只脱离集体的印度蚂蚁，在一只还没有彻底腐烂的废弃拖鞋上独自展开修行。刚刚，极度理性的斑马，怎么也无法说服自己，条纹是未来审美的主流。刚刚，因为主义之争无法达成共识的各大门派，谁也没有注意到地上一根将改变宇宙走向的头发丝。刚刚，魔鬼在华山山顶现身，照在他脸上的月光瞬间变得暗淡。刚刚，一辆无人驾驶汽车在行驶中突然开始变身，一顿让人眼花缭乱的操作后，马路中间出现了一张席梦思床。刚刚，一只虫子觉得这辈子已经够了，虽然它占有的国度只是一只阿克苏苹果的内部。刚刚，风中传来一个惊人的消息，只是能够听懂风语的人都躲在遥远的世外。

55

　　刚刚，他对子贡说，一只水桶的自我修养，就是永远都不要漏。刚刚，盲人跳远，他不知道自己跳了多远。刚刚，做完化学实验的二郎神走出实验室，在星空下睁开第三只眼。刚刚，一头处于弥留之际的老山羊，用有规律的眨眼来传达最后的遗嘱。刚刚，组成一个人的所有原子决定在他喝咖啡的时候各奔东西，因为烫，他只喝了一小口，杯子还没有来得及放下，整个人就突然在空气中消散了。刚刚，心怀天下的醉鬼从车辙中查看江山的走势。刚刚，会分身术的燕子李三让本体去绕地球一圈，没有那么高智慧含量的分身留在原地，如果等待时间过长，可以考虑开一家止语的民宿。刚刚，一个有天琴座背景的强盗披着棉大衣蹲在山洞洞口吃冰淇淋。刚刚，一头叼着茱萸的狼远走他乡。刚刚，从来不给自己留退路的许姗姗抱着猫白日飞升。刚刚，湿婆为一个理想主义者算命，预见到他死后两百年理想也不会实现。刚刚，从白垩纪活到21世纪的巫师认为，只要有名字的动物，都可以通过发音准确的咒语召唤。刚刚，黑白不再分明，中间渐渐出现一块灰色地带。刚刚，世界上出现了一些看不见的边界，过界的人余生以及死去投胎前，都会感觉怅然若失。

56

刚刚，一只宿命论的桃子，觉得自己前世是一个苹果，他在等待转世的牛顿。刚刚，经过两个小时的分析，罗素终于同意维特根斯坦的结论，在这间狭小的只有他们两个人的单身宿舍里，还隐藏着一头早已抑郁的大象。刚刚，颜良让文丑看住水里的浮漂，整条河里最大的一条马哈鱼蠢蠢欲动。刚刚，他悄悄收藏了她遗落在洗手池旁的发夹，希望等她老了以后再作为时间的礼物送给她。刚刚，公孙策看了一眼昏暗的天色，他等待的蛟龙没有按照约定好的时间变身为獾赶来。刚刚，一头认清自我的牛感到生不逢时，它最感兴趣的其实是时间和空间的关系。刚刚，万物都经不起凝视，在一个老人长达一下午的注视下，猫不好意思地现出文学意义上的原形。刚刚，一个每天散步的时候都踢着一个空可乐瓶的男人，向他新认识的女孩介绍说，这其实不是一个可乐瓶，而是一条空想家的狗。刚刚，高举自己的右臂，已经举了46年的苦行僧，他希望短暂的一生能给人类时空留下一个印象深刻的姿势。刚刚，愚公先在电脑前玩了一会儿排雷，然后端了满满一盆水照照自己没洗脸的样子，最后才扛着铁锹哼着桃夭出门移山。

57

刚刚，一只在漫长的岁月里持续漏气的气球，对过河还要排队这种事再也无法容忍。刚刚，侧脸无敌的女孩，给自己的双手买了一份贵得离谱的保险。刚刚，认为形式大于内容的老人，为了买到一杯楼下的奶茶而在奶茶店的楼上买了一间房子。刚刚，男孩找到一只翅膀上有八个圆点的七星瓢虫，它让男孩发誓，如果说出去就无法长高。刚刚，拍广告为生的西施在朋友圈发了一张穿着高领毛衣坐在凳子上的照片，美得完全不讲道理。刚刚，对人性的黑暗面有充分理解的金钱豹在月光下奔跑，身上哗啦哗啦地往下掉金币。刚刚，老虎找了一个相信缘分的江湖郎中，把头上的王字做手术拿掉了。刚刚，她在心里默念着，我只要走到能看见他家对面7-11便利店招牌的地方就返回。刚刚，一个男人的左脑爱上他的右脑，它们都觉得女人是一种美好的幻觉。刚刚，任何人造物终将消逝，在丢了一颗衬衫袖子上的四眼纽扣后，雷震子这样安慰自己。刚刚，为了避免拎着一袋金鱼走在路上的时候心不在焉地摔倒，他最终买了一袋不怕摔的土豆。

58

刚刚，和两个女孩一起坐在泳池边的大象，将两只粗壮的象腿沉入水中，潜泳者看到后就爱上了打腹稿和夜游。刚刚，被抓住的间谍在催真药的控制下，以喃喃自语的方式透露自己最大的业余爱好是钓鳟鱼。刚刚，把闪电当领带系在脖子上的年轻人，他回家的时空门开在麦当劳的洗手间里。刚刚，妻子和女儿都以为他去超市买明天早上吃的面包，只有他自己以为正走在接近绝对真理的路上。刚刚，杜尚从蹲马步开始，学习做一名合格的斗牛士。刚刚，下完一盘跳棋并且赢了的辛辛第一次觉得，鱼子酱可能是一个好东西。刚刚，不把暗物质放在眼里的朱小小，接待了一个觉得人生没有任何意义的瑞士年轻人。刚刚，天黑了，只有在晚上才会出现的动物纷纷现身，我们看不见，但是可以感觉到它们站在附近的黑暗中散发出的气息。刚刚，面对一个坏掉的自助饮料机，他选择沉默。刚刚，鲁智深在过去的朝代里深一脚浅一脚地走。刚刚，杰克站在路灯下不断地拉一根另一头藏身在黑暗中的绳子，这根绳子好长，杰克的脚下已经蜷起了一大堆，杰克感觉绳子的另一端绑着东西，至于到底是什么，杰克没有把握，他感觉那个东西很轻，重量约等于一只崭新的排球。

59

刚刚，他盯着一个惊叹号看了很久，他觉得它的形状以及其中蕴含的思想值得反复讨论。刚刚，一阵风路过一颗停在小坑边的弹子球，这阵风路过之后又在前方转个弯吹回来，它想尝试一下，能否把这颗弹子球吹进旁边的小坑。刚刚，母亲把一根线的线头放到嘴里弄湿，然后用这个线头去穿针眼，穿了一次没穿进去，她又把线头放回嘴里弄湿，然后再次用这个线头去穿针眼，这一次，她成功了。刚刚，父亲从超市买回一大包东西，他进屋后先是将这包东西放在脚下，换好拖鞋后，他又弯腰拎起这一大包东西径直走进厨房。刚刚，一条狗在嗅一颗不知道谁不小心掉在路边的棒棒糖，因为外面紧紧裹着一层糖纸，它没有嗅出什么强烈的味道。刚刚，女孩坐在摩托车后座上，吹过她耳边的风声响亮。刚刚，从高处看一条路的形状，很像"9"。刚刚，他想起某一年某一天的早晨，小伙伴们叫他一起去山里采蘑菇，他因为害怕遇见蛇而谎称感冒没去。刚刚，长尾巴的男人用剪刀把尾巴剪掉了，等他从昏迷中醒来，他颤抖着用右手往屁股后摸，绝望地发现，又长出一条新的尾巴，而且好像比之前的那一条更粗了。

60

刚刚，父亲告诉即将关灯睡觉的儿子，牙签神是一个极度瘦弱的神仙，看见他的时候千万不要对着它呼吸。刚刚，一列坏脾气的火车停在旷野中，所有坐火车的人都劝它，它还是决定天亮后再走。刚刚，泥菩萨过河，有船不坐，非要游泳，游到一半，泥菩萨就开始变软。刚刚，对着空荡而又高的天空竖过中指的人，过红绿灯的时候，他的鞋被走在他后面的一个人踩掉了。刚刚，躺在山坡上晒太阳的人不知道，他身下十米深的地方就是金矿。刚刚，听了风声会过敏的男孩，还没有走到门口，就戴上了包耳式耳机。刚刚，杀鱼的男人，对卖土豆的女人说，我不敢想鱼有没有灵魂。刚刚，喜欢闻油炸味道的女孩，闭着眼睛站在做晚饭的邻居家窗口，贪婪地翕动鼻翼。刚刚，抓阄的男人，看都没看那张纸条，就塞进嘴里嚼了。刚刚，会轻功的人闭口不谈政治。会铁砂掌的人痴迷相对论。刚刚，他对着一只哈耶克养过的鸟讲话，讲了5分钟，鸟说，如果你还想让我听，要加钱。他想了想后，就转身去找昨天那只免费听他讲话的猫。刚刚，一只老虎的步态，泄露了它对区块链的看法。刚刚，一片落叶落到他的肩头，他继续往前走，那片落叶最终轻轻地落到他的身后。

61

刚刚，一个卖鸡蛋的人站在一个卖韭菜的人旁边，一个女人来到他们的对面，买完鸡蛋后，又买了点韭菜。刚刚，一件挂在阳台上的衣服已经干了，但还是要等他晚上下班后才会把它取下来。刚刚，一男一女分别走在两根单独的火车铁轨上，因为中间牵着的手，他们行走的速度保持着一致。刚刚，餐厅里所有的椅子都空着，最先进来的客人可以按照自己的喜好挑选位置。刚刚，一个从没有吹过蒲公英的女孩，觉得这是她人生中最容易弥补的遗憾。刚刚，他在路上骑着自行车，发现前面的路被几个并排走的男孩挡住了，他就在男孩们的后面慢慢骑了一会儿，直到其中一个男孩回头发现了这一点，赶紧往旁边闪一下，他立即从男孩空出的位置骑了过去。刚刚，一个橘子在一筐橘子的底部被压坏了。刚刚，从一条S形的路上走过，她走过的轨迹也是S形的。刚刚，一条狗认识的人上了一辆公交车，这条狗就跟着公交车跑，这证明狗能分清人与移动交通工具的关系。刚刚，坐在路边理发的人，他只是不想在理发这件事上浪费太多的时间。刚刚，一幢楼上所有房间的灯都开着，到了某个时间点，突然又全部灭了。刚刚，他站着看烟花的地方，比烟花升起的高度还要高，烟花纷纷绽放在他的脚下。

62

刚刚，一个抽屉锁着，只有拿着钥匙的人知道里面有什么。刚刚，两只手各拎着一样东西的人，和一只手拎着两样东西另一只手空着的人，往同一个方向走去。刚刚，猫趴在取暖器的旁边，一个很暖和又不会过热的距离，猫把握得总是比人要好。刚刚，一个牵着骆驼的人走在骆驼的前面，一个牵着狗的人走在狗的后面。刚刚，一张顺利出站的火车票她舍不得扔，为了保存它，她拐进旁边的书店买了一本书，把这张车票夹在其中。刚刚，他坐在双层公交车的上层，平视路边楼房的二楼，他看见一个女人背对着马路在二楼的客厅里弯腰扫地。刚刚，他试图用打火机反复点一根烟，但是风太大，即使用手挡着，漏进来的风还是足够把火苗吹灭。刚刚，他坐在椅子上，而她坐在他的腿上。刚刚，河神面对大海看了很久，确定没有认识的海浪。刚刚，她把摇头的电扇调整成固定不动模式，她就坐在电扇的正对面，让风专注吹她脖子上细腻的汗。刚刚，无头骑士直接把帽子戴在脖子上。黄泉路上很多新鬼都站在路边，等着他们的旧相识过来一起走。刚刚，洗衣机甩干功能启动，最初动静很大，等滚筒越转越快，声音就越来越小。

63

刚刚，一把遮阳伞下，放着一张桌子和三把椅子，过一会儿，来了两个人，两个人全部坐下，还有一把椅子空着，后来其中的一个人把那把椅子拉开一点，把两只脚搭在上面。刚刚，一个老人坐在过道里听收音机，穿堂风总是从一侧穿过，导致老人两边身体的感受出现冷热差异。刚刚，五个人依次走过一座很窄的窄桥，他们都朝着同一个方向过桥，而要去相反方向的人，就只能耐心地等最后一个人走下桥，才可以走上桥。刚刚，戴着鸭舌帽的男人拐进小巷，戴着遮阳帽的女人躺在海边。刚刚，沙发垫放在沙发上，枕头放在床上，书在书架上，张果老倒骑在驴上，飞机在云端，韩信在无名氏的胯下，冻僵的蛇在农夫的怀中，上帝在每一个包含上帝这个词的句子里，哪怕是一个病句，那也是上帝的居所。刚刚，为了遮住浓重的黑眼圈，女人专门找出一副墨镜戴上。刚刚，女孩在试衣间套上一件红色的毛衣，然后发现毛衣袖子的长度完全遮住了她的手背，只露出纤细的手指。刚刚，一只鸟从树上向下飞到二楼的阳台上，它在阳台栏杆上站一会儿，又向下飞到一辆停在路边的汽车车顶，它在汽车车顶蹦跳几下，又继续向下飞，最终落到水泥地上。

64

刚刚，一个男孩和一个女孩同时趴在栏杆上，抽同一根烟，他吸完一口之后就递给她，她往里吸的时候，他嘴里的那一口正好吐向傍晚的空中。刚刚，一群人沉默地坐着，唯一站着的那个人正在讲话。刚刚，他摸着嘴唇上的胡子，琢磨自己的前程。他摸着下巴上的胡子，考虑国家的命运。刚刚，一个浑身散发温良气息的人，周围聚集了很多陌生的小动物。刚刚，坐在沙发上的女孩手里拿着一瓶啤酒，收拾好的行李箱就在她旁边，她准备喝完这瓶啤酒就远走高飞。刚刚，两个小脚女人走在街上，她们谁也不嫌对方走得慢。刚刚，戴帽子的绅士骑着自行车，前面的车筐里装着他的狗，对于一条狗，它正在适应这个不太常见的视角。刚刚，千手观音的每一只手都在风中空着，面对这个古老而又日新月异的世界，她没有什么一定要抓住的东西。刚刚，千里眼眺望千里之外的蚂蚁搬家，而没有看见飞过眼前的斑鸠。刚刚，顺风耳倾听万里之外的风声，而没有听见妻子在客厅喊他吃饭的声音。刚刚，一根烟抽了一半，半根烟那么长的一截烟灰还在烟上，他拿着烟的手极其缓慢地移向烟灰缸。刚刚，马在河边，鹤立鸡群，酒鬼在竹林里，美人在浴室，真理在少数人的手上，孤独在每个人的心中。

65

　　刚刚，他坐在午夜空旷的地铁上，发现自己一个人占据了一整节地铁车厢。刚刚，笑面人和哭面人在大街上相遇，他们都从彼此的脸上看见了自己永远无法拥有的表情。刚刚，降龙罗汉的龙在他的鼻腔里闹脾气，伏虎罗汉的虎在他的眉毛上奔跑。刚刚，他把一只鸟藏在宽大的袖子里，鸟以为天黑了，就在袖子里睡着了。刚刚，两个小孩的小拇指拉在一起，这是他们学会的第一个关于承诺的仪式。刚刚，坐在滑梯顶端的男孩，因为某个没有人问过他的原因，并不着急从上面滑下来。刚刚，两只猕猴蹲在树杈上拥抱，它们眼睛看见的都是对方背后的风景。刚刚，一条狗叼着一条鱼，跑过两条街区，去寻找一只它只见过一次的猫。刚刚，一头鹿向一匹马问路，马说不清楚，但是决定亲自带它过去。刚刚，拦在路上的木头，只收两毛钱，可是它长得太不像强盗，即使是两毛钱也没有人给它。刚刚，高处的石头，洞悉了势能的秘密，从此它的理想就是掉下去砸死一只恰好路过的蚂蚁。刚刚，一支笛子实在无聊，就自己吹起了自己，一把小提琴听到中途，虽然和笛子不熟，但还是忍不住加入其中，在快接近尾声的时候，钢琴觉醒，钢琴声像海浪一样在黑暗的客厅中起伏。

66

　　刚刚，女孩用一根长长的吸管喝一杯冰可乐，喝掉半杯后，这根长长的吸管也变得冰凉。刚刚，一扇闪着白光的大门立在沙漠中，从大门中走出一只来自未来的鸟。刚刚，男孩在放学回家的路边，看两个老头下象棋，直到天色昏暗，再也看不清棋子为止。刚刚，一辆马车行驶在路上全是马车的时代。会轻功的人都在屋顶上飞。刚刚，短尾狗在步行的人群中穿梭。刚刚，远方响起有节奏的鼓声，鼓声中的信息翻译过来，是让一个男人赶紧回家，家中有人突然去世。刚刚，他给女孩打电话，说他想和她说的话都写在一张纸条上，纸条绑在一只鸽子的腿上，鸽子正在连夜往女孩所在的地方飞。刚刚，为忘记一些糟糕的事，他恳求师父给他当头一棒，师父说其实更好的方式，是自己撞墙。刚刚，海鸟和山鸟在平原相遇，它们沉默了很长时间，不知道怎么介绍自己。刚刚，一头老虎从森林中走出，它缓慢的脚步，泄露了它的忧伤，在它停下脚步的一刹那，它的忧伤达到前所未有的巅峰。刚刚，尤语者穿过一望无尽的平原，遇山爬山，遇水涉水，遇林穿林，遇见陌生的动物，就默默绕开，最后他独自来到世界的尽头，依然无话可说。

67

刚刚，在0和1出现后不久，49和50就幽灵般地出现了。刚刚，屋子里有两把椅子，走进来一个人，坐在其中一把椅子上，又走进来一个人，坐在另一把椅子上，两把椅子挨得很近，坐在椅子上的两个人，也挨得很近。刚刚，她特别想找一个词来形容这段时间自己的心情，她找了好久，也没有找到。刚刚，一束花放在花瓶里，旁边站着两个空花瓶。女孩把一束花拿出来均匀地分成三束，分别放在三个花瓶里，就成了三瓶花。刚刚，他发现这个世界上没有的东西，任何一样，他都没有见过。刚刚，他发现这个世界上有的东西，他也见得不全。刚刚，一头年迈的大象，缓慢地走向一条浅溪。刚刚，女孩问他为什么从来没有去过日本，他只好老实回答：我从来没有去过日本，就像我也从来没有去过印度、埃及、美国、英国和法国一样，其实并没有什么，特别值得一说的理由。刚刚，一个从未见过龙的人遇见另一个从未见过龙的人，在短暂的谈话中，他们并没有谈起龙，而是不痛不痒地谈了几句天气，就匆匆离别。刚刚，他认为大象这种动物，适合在下午谈起，而老虎适合在天黑后谈起，至于龙，则在任何时候，都不应该谈起。

68

刚刚，他悄悄离开了今晚的宴会，没有任何一个人察觉，他在夜色的映照下，沿着一条陌生的马路，来到了今生从没有来过的地方。刚刚，他认为午夜时分，除了抽烟，不应该谈论任何存在，万物都需要休息，万词也一样。刚刚，一只cat和一只猫同时来到她的脚边，她把更多的目光聚焦在那只cat身上，毕竟它看起来更陌生，也更小。刚刚，诗人发现他在今天晚上写的诗，你在昨天晚上，是不可能读到的。刚刚，小男孩猜测，6和9是同一个数字，只不过一个头朝下，一个头朝上。刚刚，西湖边有一把椅子，坐上去就能看见西湖。刚刚，三更后还在动的，已经减少99.9%，真正还在动的那部分，让人心疼。刚刚，当窗台上的猫跳下窗台落到地上，屋子里就多了一只地上的猫，少了一只窗台上的猫。刚刚，上帝喊停，世界上的一切，突然全部停了下来。上帝打开房门，来到暂停的世界中，他穿着拖鞋横穿马路，走进对面的全家超市，在货架上挑选了一袋红烧牛肉味的康师傅方便面，他拿着方便面慢悠悠地走出超市，再次穿过马路，返回房间，关上门，开始烧水泡面。等面泡好可以吃了的时候，他对着面前的人世之屏，轻轻地喊一声，走。世界上的一切，又重新生动起来。

69

刚刚，他和一个不承认1加1等于2的人聊秋天结束之后，到底是不是冬天，聊到天黑也没有得出确切的结论，对于如何能够在不经意间见到一头玄武，反倒达成了某种默契。刚刚，女孩感觉它已经出现了，只不过她还没有遇见，它就在她必经的某个点上。刚刚，世界上的很多事情，都发生了本质的变化，再也回不去了。刚刚，他盯着一个东西看，直到感觉它很陌生，他才转过头去，把视线移开一会儿，再把头转过来，熟悉的感觉，又全部回来了。刚刚，倾听者感觉累了，就闭上眼睛，但耳朵依然在听着。刚刚，看上去那里，什么都没有，但是有看不见的东西，强烈吸引他过去。他一口气朝相反的方向，跑了十万八千里，那种特别像爱的感觉，终于可以，忽略不计了。刚刚，女孩站在高处，往低处看，她看见了全部，但是看不清楚。刚刚，他在看一朵花，后来下雨了，他在看一朵雨中的花，再后来雨停了，他在看一朵雨后的花。刚刚，对于世界的样子，他终于明白，每个人都是盲人摸象。只不过他摸到的这一小块儿，他至今无法用语言描述。刚刚，当你说他像一头九尾狐的时候，你已经非常接近他了，只是这种接近，让你产生了，你已看清他的错觉。

70

刚刚，有一个人走过来问我，天黑是怎么回事，我沉默着，抽了几口烟，最后拍着他的肩膀说，兄弟，别想这些没用的。刚刚，天就这样黑了下来，你认为不对，而是天就这样黑了下去。来去之间，是我们对世界的分歧。刚刚，他走在天黑后的街上，缓慢的样子，怎么也无法让你，想起一只孤单的蚂蚁。刚刚，女孩在房间里抽烟，抽完一根，接着又抽一根，每根烟的味道都不同，因为抽每根烟的女孩，都处于不同的时空瞬间。刚刚，火柴熄灭之后，那些重新聚拢过来的夜色，看着有点面熟。刚刚，伴随着你，出现在这个世界上的东西，全部安静得要命，如果你不召唤它们，它们永远不知道，自己也可以，发出声响。刚刚，她抽完烟后，起身打开窗子，有什么她看不清的事物，正从远方赶来。她决定无论是什么，都要保持沉默。刚刚，那个声称见过忧伤的人，早已恢复平静，坐下之后，他只顾着低头喝茶。你如果问题没有问对，他就会顾左右而言他。最后你小声问道：忧伤是一种动物吗？他眼睛突然睁大，震惊地看着你，他知道多年以后，终于遇见，懂行的人了。刚刚，大部分人都睡了，没睡的人，各自有各自的理由。在唐朝或者宋朝，情况也差不多，都是年纪越大，睡眠越少。

71

　　刚刚，我想说的，是不可言说的部分，古往今来，从未被任何人说过，佛陀在晚年曾无限接近，老子也有几次，与它擦肩而过。刚刚，他看见一匹在雾中显得特别安静的马。刚刚，路边卖帽子的人，处在一个微妙的时空点上，当我遇见他，那个买了一顶帽子的我，从此开始了和我截然不同的余生。刚刚，你发现很多词，已经存活了超过一千年，你死去之后，这些词会继续存在，并且会被另一个还未出生的人随口说出。刚刚，一个苹果就摆在你触手可及的地方，你忍着不伸出手去碰它。刚刚，大象出现在黄昏的街上，很多人看见它的时候，正走在回家的路上。刚刚，世界在沉默中保持着它的连续性，在时间轴上最新出现的事物，已经缓缓开始它们的变化，只是还不易觉察，我们唯有安静地看着，人世的窗外夜色温柔。刚刚，男孩绕开玫瑰的概念，直接看见，一朵红色的花。刚刚，他希望自己，不要做那个悄悄走进夜色的人，而要做那个悄悄走出夜色的人。刚刚，宇宙中到处可见，彼此依赖的关系。在北方冬天的漫漫长夜，仿佛只有上帝是自洽的。他是他自己的目的，来源和根基。

72

　　刚刚，当屋里的灯全部打开的时候，我希望每一盏，都是亮的。刚刚，在这个不断流逝的下午，有我参与的部分，占世界同时发生场景的总量，小到可以忽略不计。刚刚，他站在路边，对着不远处富士山的积雪，抽一根烟。刚刚，一个女孩从屋子里走出来，站在路边，她就成了站在路边的女孩。刚刚，天黑以后，忧伤的人并没有从忧伤中走出来。他的忧伤像窗外的夜色一样浓郁，他的忧伤甚至影响了他的猫，猫趴在那里，已经很久没动了。刚刚，我一个人靠墙坐在午夜的地板上，窗外寒枝雀静，我感觉往事如深海，一言难尽。刚刚，一头大象在黑暗中稳稳地站着，它耐心地等待着，有什么东西，突然撞到它的身上。刚刚，当上帝想说话时，宇宙中所有长耳朵的动物，无论躲在多么遥远偏僻的地方，全部都竖起了它们的耳朵。刚刚，他抬头发现，外面的天早已黑了。没有人知道，突如其来的安静是怎么回事。它总是像潮水一样，在某个独处的时刻，反复出现。除了不动声色地点燃一根烟，也没有其他更好的办法。

73

刚刚，我竭尽全力，优雅地坐在你的对面。而事实上，你才是那个，我愿意在你面前，尽显黑暗的人。刚刚，他通过删减每行字数的方式修改一首诗的形状，已经修改到第7遍。刚刚，离吃晚饭还有很长一段时间，她在认真考虑，是否吃完手里的西红柿，就抱上猫，去楼下的海边转一圈。刚刚，她以为倒退着走路，就可以回到昨天。刚刚，路上没有车，着急过马路的人，早就过去了，只剩下两个规矩地等红灯的男人，他们都有点不好意思，为了避免尴尬，尽量不看对方。时间有点难熬，天哪，终于绿灯了，从此，他们天各一方。刚刚，终于到了摊牌的时候，好吧，我选love，并愿意承受，爱对我永远的误解。刚刚，他对她说，你永远不可能真正理解一个人说的任何一句话是什么意思，认清了这一点，我们再来做，人世的交流。刚刚，我们看不见的地方，有什么植物在缓慢地开放，太缓慢了，以至于从植物身旁走过的人，也不知道，某种难言的美妙正在默默发生着。刚刚，窗外的云都退向很远的地方，总是带来永恒安慰的猫也不知道跑哪儿去了，我尝试着对世界不抱任何期待，放下自我，不再接收那些，随意游荡的，最小颗粒的信息。

74

刚刚，一群鸟飞过方形的天窗，恰好被洗完手的老人抬头看见。刚刚，他站在路边拿着水管冲一辆涂满泡沫的车。刚刚，一只鸡站在一把门口的空椅子旁，椅面的高度，它跳不上去。刚刚，一条船经过一条傍晚的河，河两岸的灯光都照不到这条船的身上。刚刚，一个人骑着自行车，车把上挂着买回来的青菜，路过四个坐在街边打麻将的人。刚刚，踢毽子的男孩已经连续踢了97个，站在旁边的女孩面对他取得的成绩兴奋得大喊大叫。刚刚，戴耳环的女孩弯腰瞄准一个停在洞口边的台球，她的一部分长发搭在她架着杆的那只裸臂上。刚刚，小女孩躲在柱子后的阴影中，和一条她认识的小狗捉迷藏。刚刚，戴帽子的女人坐在杂货店的门槛上，她把手里的橘子向上抛去，当橘子落下的时候，再准确地接住。刚刚，他虽然戴着眼镜，但还是把那张报纸拿得离眼睛很近。刚刚，戴斗笠的人拿着钓鱼竿走进雨中，他朝河边的方向走去，每次下雨，他都认为那是钓鱼的绝佳时机。刚刚，一辆自行车停在阴影里，随着光线的移动，过一会儿，它就停在了阳光下。刚刚，一只猫跟随着一个陌生的男人走过一段路，男人的手里拎着一个塑料袋，塑料袋里装着一个新鲜的鱼头。

75

刚刚，斜阳中女孩泼出一盆水，两个男孩弯腰躲避，还是没有全部躲避过去。刚刚，你买了一斤土豆，卖土豆的人伸出手把找零的硬币交到你的手上，你们的手在土豆堆上方相遇，你没接好，其中一个硬币掉进土豆堆的缝隙里，一闪就不见了。刚刚，老人在巷子里的路边炒回锅肉，拐进小巷的人马上就能闻到豆瓣酱的香味。刚刚，她右脚高跟鞋的鞋跟断了，她把断掉的鞋跟掰下来，继续前行，她准备就近找一个补鞋的地方。刚刚，妈妈在厨房里站着用擀面杖擀面皮，妈妈擀的面皮又薄又圆，她要包饺子给她还未起床的儿子吃。刚刚，晾衣绳下停着一辆摩托车，晾衣绳上挂的衣服，向下滴出一滴水，正好滴在摩托车的前轮上。刚刚，猫跟着小女孩下楼梯，过一会儿，猫又跟着小女孩上楼梯。刚刚，离河岸最远的地方，散落着他的T恤，再往前走两步，散落着他的鞋和牛仔裤，再往前走，离河岸最近的地方，散落着他的内裤。刚刚，坐在路边台阶上的男人，穿着一身西服，他左手拿着咖啡，右手拿着面包，喝一口咖啡，吃两口面包，嚼面包的过程中，还会看一眼手表。刚刚，小男孩将一个足球停在自己抬起来的脚背上，他正在努力保持着平衡，不让足球掉落。

76

刚刚，一根长长的绳子放在地上，拔河的人错落着站在绳子的两边。刚刚，夹在她双指间的烟，就快烧到她的手了，她正独自沉浸在往事中。刚刚，牛奶瓶倒下，一摊牛奶在桌子上扩散开来，后来一个很小的小人来到牛奶上划船，这是属于他的浅海。刚刚，女人用筷子快速地搅拌一个鸡蛋，发出有节奏的响声。刚刚，一个男人通过一条晚秋的街道，他给自己的规定是，不要踩到任何一片落叶，所以他走到这条路中间的时候，一度停下来思考，接下来的几步要怎么跳过去。刚刚，男孩在小巷中奔跑，他越跑越快，他手里的风车也越转越快。刚刚，她在半空中飘浮，她躺在想象中的床上。刚刚，他左胳膊上搭着一件风衣，右手拎着包走在路上，走了一会儿，他感觉有点冷，就在路边停下，先弯腰把右手的包放在两腿之间夹着，以免包挨到地面弄脏，然后直起身把风衣抖开穿上，再弯腰拎起包，在这条路上逐渐走远。刚刚，一头长颈鹿向河中走了好远，河水依然没有完全淹没它的长脖子。刚刚，跳高的男孩采用背越式，他的背完全越过了那根横杆，但是他右脚的脚后跟不小心碰到横杆，横杆在空中轻微跳动几下，最终在他落地以后，没有跟着掉下来。

刚刚，两个女孩在泳池中仰泳，一个女孩的脚在另一个女
孩的头部附近。刚刚，小男孩坐在楼梯台阶上看书，他坐着的
那级台阶位于楼梯的下半部。刚刚，喜欢闻汽车尾气的女孩走
在一条偶尔有一辆汽车经过的路上。刚刚，他抽着烟走在去买
咖啡的路上，走在他前面的两个人正走在去看电影的路上，走
在他后面的一个人正走在去药店买药的路上。刚刚，男孩拿着
捕蜻蜓的网向下午的田野跑去，他还不知道他今天的运气特别
糟糕。刚刚，坐在桥下的人把脸埋在两腿间哭泣，骑摩托的人
从桥上经过。刚刚，风迎面将一个女人的帽子吹落，她快速转
身弯腰去捡帽子，在她弯腰的时候，风又将帽子向前吹走，她
直起腰向不断移动的帽子追去。刚刚，女孩抬手摸了摸自己右
边的耳垂，只有她的妈妈知道这表示她即将要撒谎。刚刚，不
停打嗝的男人，他没有做任何阻止打嗝的事情，他觉得打嗝的
次数到了一定数量会自动停止。刚刚，坐在自行车前面横梁上
的孩子，比坐在后车座上的孩子年龄要小，但是他们却一样的

安静，没有人干扰正在骑自行车的妈妈。刚刚，与熊在雪地里合照的少年，笑得灿烂，他的真身是一条还没有长出角的龙。

78

刚刚，女人向空中伸出手，手上拿着一小块面包屑，一只鸟慢慢飞过来叼走了那块面包屑，而没有碰到女人的手。刚刚，他出门的时候，风衣的下摆不小心被关上的门夹住了。刚刚，拥抱的时候，他隔着衣服摸到了她胸衣背后的带子。刚刚，女孩关灯之后，发现房间里有一只发光的萤火虫，她在睡着之前一直在想，它能否找到出去的路。刚刚，一只麻雀在小区的马路上蹦跳，一个男孩向它冲去，它迅速飞向空中，男孩抬头寻找它。刚刚，她站在机场行李传送带边等行李，一眼望去，转过来的行李中没有她的，她给接站人发了一条微信，等我一会儿，还没接到行李。刚刚，乡下一间没有人住的房子地面上纷纷长出青草，一条狗从敞开的窗户跃入其中。刚刚，闹钟响了，从被子里伸出一只手去摸闹钟。刚刚，她坐在岸边的一把椅子上，面朝着河水，风从对岸吹过来，先吹过低低的河面，再上岸吹到她的脸上，然后向她的身后吹去。刚刚，女孩踮起脚，还是没有身旁的他高。刚刚，杀手站在他的对面拿着手枪对着他的额头，坐着的他只抬头看了一眼，就继续低头吃他的意大利面。刚刚，天蒙蒙亮，一家还未开门的商店门前就排起了长队，全是早起的老人。

79

刚刚，她打开水龙头，水从中流出，她觉得水流有点小，就把水龙头又拧开一点，这回水流变成了她想要的样子。刚刚，他趴在她的腿上，她给他掏耳朵，她能明显感觉到他的紧张。刚刚，他取下别在胳膊上已经超过三天的黑布。刚刚，他把最后一点牙膏挤在牙刷上。刚刚，从井边打水归来的男孩拎着装满水的水桶迈过厨房的门槛，一滴水也没有洒出。刚刚，她用竹篮去打水，他用手去捞月。刚刚，背着筐的人两手空空，他的东西都在筐里。刚刚，望风的人对着对讲机说，风平浪静。刚刚，女人穿着新买的鞋在客厅里走，她感觉要穿上一段时间，才会像旧鞋子一样舒服。刚刚，左轮枪里只剩最后一颗子弹，他对着太阳穴扣动扳机，没有响，他把枪放在桌子上，滑给对面的人。刚刚，女人爬上梯子取下房顶上晒着的萝卜干。刚刚，伐木工用斧头砍一棵树，砍到最后的地方，还差一点，但是伐木工已经不砍了，他直起腰用手推了树一把，树就开始倒下去。刚刚，弯腰系鞋带的女人，她包里的电话响了，她没有着急去接，而是专注地系着鞋带。刚刚，他站在原地，目送客人的车远去，直到拐弯看不见了，他才转身回屋。

80

刚刚，他站在楼下吹口琴，吹到中途，楼上的一扇窗户突然打开，窗边站着一个陌生的女人正在往楼下看。刚刚，男孩发现被子有点短，盖住头就会露出脚。刚刚，站在瀑布下的女人点起一根烟，说好和她一起来的男人，不知道什么原因没有赶上火车。刚刚，女孩坐在沙发上看电影的时候，妈妈从厨房走出来递给她一盘洗好的樱桃。刚刚，她打着伞，坐在路边的行李箱上，背对着公路，看着远处雨中的田野。刚刚，从墙上隐蔽的洞中，递过来一根细铁丝。刚刚，女人面朝着大海，右手夹着烟，左手捂着头上的帽子，海风有点大。刚刚，一匹马跑在路上，后面有一辆警车在追它。刚刚，戴着墨镜的人进入房间以后，马上摘下墨镜。刚刚，她靠在床头读一本小说，她仿佛听到书中传出海浪声。刚刚，微醺的女人伸手去够桌子上的纸巾时，不小心碰翻自己的红酒杯。刚刚，屋子里没烟了，他下楼去买烟，最近的便利店要走上10分钟左右，还好一路是漫长的下坡，当他从便利店出来面对上坡的时候，他抽着烟弯腰返回。刚刚，女孩坐在火车上，用一张湿纸巾擦手，擦完左手擦右手，擦完双手，火车徐徐开动。

81

刚刚，穿着裙子的女孩站在午后的路边抽烟，她抬头看见一架飞机正从天上飞过。刚刚，手电筒的光在黑暗的田野中乱晃，大人们在寻找一头猪。刚刚，男孩爬到高高的树杈上坐着，女孩站在树下仰头看着他，问他看到了什么。刚刚，他经过一个坏的路灯，他没有停留，继续向前面那个好的路灯走去。刚刚，从天上走下来的女人，感觉向下旋转的楼梯仿佛没有尽头。刚刚，他在小河上轻轻划动船桨，船桨碰到水中摇曳的水草。刚刚，走路的女特工不经意回头，瞥见了后面跟踪她的人。刚刚，他一拳打在沙袋上，沙袋开始摇晃。刚刚，女人站在门口喊猫的名字，猫从客厅的沙发上跳下来，朝正在蹲下的女人跑来。刚刚，他为她拉上礼服背后的拉链。刚刚，怀孕的女人无法弯腰捡起掉在地上的一张纸片，她站在客厅里喊丈夫过来帮她捡。刚刚，穿着花衬衫的中年男人抽着烟走在路上，突然觉得自己的人生已经在走下坡路。刚刚，靠墙站着的他，不需要担心身后。刚刚，一直坐在椅子上看着大海的两个人，其中一个得了绝症，但是你看不出是哪一个，他们的沉默中，都没有流露出明显的忧伤。刚刚，后会无期的两个人，站在路口分着抽最后一根烟。

82

刚刚，窗外下着雨，站在窗边的他嘴里叼着一根烟，却迟迟没有点燃。刚刚，在拥挤的人群中，他看见一个戴红头巾和墨镜的女孩回过头来，眨眼间又回过头去，淹没在汹涌的人潮中。刚刚，他们离得很近，她能看见他，他却看不见她，这就是我理解的阴阳相隔。刚刚，她站在能看见顶峰积雪的阳台上，给好久不见的朋友打电话。刚刚，风从背后吹过来，吹起他连帽衫上的帽子，他戴着被风吹起的帽子向镜头走来。刚刚，女人站在阳光下用力拧一块湿毛巾，拧出的水在地面上形成没有寓意的图案。刚刚，他坐在出租车的后座上抽烟，他把烟头伸出敞开的车窗，烟灰随风而逝。刚刚，步行的斑马来到河边，一个穿短裙的女孩拿着甜筒穿过斑马线。刚刚，站在长椅椅背上的鸟，看见一个人向它所在的方向移动，那个人还没有走到长椅边，它就迅速飞走了。刚刚，背着吉他的人在等公交车，他弹了一天琴的手指有点疼。刚刚，男孩在屋子里走来走去找一把合适的起子，他要开一瓶水蜜桃罐头。刚刚，吃完晚饭出门散步的男人，走了一条从没有走过的路线，遇见一个从没有遇见过的女人，那个女人也在散步，只不过是走在她熟悉的路线上。

83

　　刚刚，侍应生的双手背在身后，右手握着左手的手腕。刚刚，一个女人端着一盆水上楼梯，她要给她的小女儿洗脚。刚刚，他走在路上，突然跑了起来，他想体会快速错过身旁一切的感觉。刚刚，运垃圾的车开出小区，路上碰到低垂的树枝，树枝的摇晃在垃圾车开过后，还持续了一小会儿。刚刚，他用脚踹一棵雨后的树，然后就往外跑，比他慢一拍的朋友站在树下，被掉落的雨点浇了一头，有一些还顺着脖子淌进上衣里。刚刚，她把窗户打开，趴在窗户上对着下面的大海抽一根烟，她视野所及的都只能算是海的边缘。刚刚，猫碰倒放在沙发旁的空酒瓶，空酒瓶横着向远离沙发的方向滚了两圈。刚刚，他弯腰用力推一辆打不着火的车，一个正在散步的人也帮他推了一把。刚刚，理发师一句话也没有说，只是站在一个男孩的身后默默地用剪刀给他剪头发。刚刚，他在她家楼下给她打电话，她问他在哪儿，他说我到你家楼下了，她过一会儿说，哦，我看见你了，我马上卜来。刚刚，女人在沙发上睡着了，男人转身去卧室里拿了一条毯子出来俯身给她盖在身上，男人观察一下她的呼吸，很平稳。男人本来想喝一罐可乐，但是害怕即使在厨房里开可乐的声音也会吵醒她，就打消了这个念头。

84

刚刚，他穿着两只不一样的拖鞋走出卧室，去找穿着另外两只不一样拖鞋的女孩。刚刚，砰的一声，冰箱门关上了，他只是往冰箱里看了一眼，什么都没有拿出来。刚刚，洗完澡的男孩坐在钢琴前，双手轻放在大腿上，他调整自己的呼吸，在冥冥之中寻找弹响第一个音的契机。刚刚，他骑在马上，她站在马旁仰头看着他，他摸着她的头，周围浓烈的离别气息，连那匹马都感受到了。刚刚，女人处理完一条鱼后，用香皂仔细地洗手，她洗了很长时间，终于完全消除了手上沾染的腥味。刚刚，女孩站在老地方等他，她不知道，他已经死了。刚刚，他去参加女孩的生日宴会，来了很多人，他都不太熟悉，女孩在厨房炒菜，他就站在女孩的书架前看着那些书，偶尔抽出一本，翻两页，再放回去。在正式吃饭前，他把送给女孩的礼物，也是一本书，悄悄地插在女孩的书架上，他准备今晚离去后，再发微信告诉女孩，他送给她的那本书，插在书架上哪一本书的旁边。刚刚，点完菜后，侍者离去，他们两个人相对而坐，聊起了咽气前的维特根斯坦，他最后的遗言是：告诉他们，我度过了极好的一生。刚刚，一场葬礼正在雨中举行，所有参加葬礼的人都穿着黑色的衣服。

85

刚刚，一辆车熄火停在路边，司机下车离去后，一只猫钻进车底，又跳上轮胎，这是在冬天里它能找到的最暖和的地方。刚刚，女孩躲进洗手间，才开始哭泣，她已经很多年没有在别人面前哭过了。刚刚，时隔三十年后他们再次在咖啡馆相遇，他们都老了，而且都不再喜欢喝苦咖啡。刚刚，他从他的背痛推测出，最迟明天下午，就会下一场持续很久的雨。刚刚，她的眼睛布满血丝，为了赶一个活儿，她已经两天两夜没有睡觉了。刚刚，他从床上坐起来盯着一只猫跳下床走出卧室的背影看，他觉得它比所有人都要孤独。刚刚，婴儿叼着妈妈的奶头不放。刚刚，女孩卸掉浓妆，其实她长得很好看。刚刚，父亲没有按时下班，母亲收到他解释晚归的微信。刚刚，即将远行的他，除了脚上穿的鞋，没有带其他的鞋。刚刚，感冒的男人走在风里，咳嗽声伴随着他。刚刚，老人忘了自己是谁，他从镜子中看见一张陌生的脸。刚刚，他的腿坐麻了，他站起来扶着墙，等待着那种麻的感觉尽快过去，这个时候他不想让任何人碰他。刚刚，为了把烟味完全散出去，他按灭烟后，还开了很长时间的门，直到冷风吹得他打了一个响亮的喷嚏，他才赶紧起身把门关上。

86

刚刚，他把头上的帽子摘下来，戴在女孩的头上，女孩又立即把帽子摘下来，整理一下自己的长头发，再重新戴上帽子。刚刚，女人把袖子挽起来，开始洗碗，洗完所有的碗，开始洗盘子，这时她挽起来的袖子掉下来一只，不小心被水弄湿了。刚刚，男孩回头，他嘴里嚼口香糖的动作没有停。刚刚，从她夹着烟的动作可以看出，她是一个熟练的老手。刚刚，女孩在剥一只橘子，剥完后她把整个橘子递给对面的男孩，她是一个不喜欢吃橘子的女孩。刚刚，他第一次深夜走进便利店去给女孩买卫生巾，他寻找着手机备忘录里女孩描述的那一款。刚刚，她把嘴里最后的棒棒糖嚼碎了，用手从嘴里抽出那根剩下的白色塑料棍。刚刚，女孩将脱下的外套系在腰上，继续在阳光下的马路上走。刚刚，短发女孩小跑两步弯腰掷出手中的保龄球，她直起腰后转身走回座位，并没有站在那里盯着看。刚刚，穿裙子的女人站在床下，一条腿抬起来踏在床边，她在弯腰穿一双长长的黑色丝袜。刚刚，两个男人坐在街边喝啤酒，他们都好几天没有刮胡子了，嗓子也有点沙哑。刚刚，他和他的父亲终于和解，不是通过打电话或面谈，而是给彼此的微信步数默默点赞。

87

刚刚，他洗澡的时候，随机播放今年的热门单曲，洗完澡出来，也没有听到一首打动他的。刚刚，一个男孩从巨大的委屈中觉醒，终于停止他漫长的哭泣。刚刚，女人站在低一点的台阶上打电话，男人站在高一点的台阶上抽烟，他一根烟抽完，女人还没有打完电话，而且又往下走了几个台阶。刚刚，他们在海边相对而坐吃午饭，女孩坐在椅子上，男孩坐在轮椅上。刚刚，一个门把手被雨淋湿了。刚刚，他用桌上的湿毛巾擦了擦干燥的嘴角。刚刚，他弯腰团了一个雪团，准备一会儿砸向他在路上遇见的第一个女孩。刚刚，她将一块方糖放入苦咖啡中。刚刚，女人用吸管喝一杯橙汁，喝了两口以后，她就把吸管拿出来放到一旁，直接端起杯子来喝。刚刚，男孩混在庞大的合唱团中，只是对着口型，而没有发出任何声音。刚刚，他躺在酒店柔软的枕头上翻来覆去睡不着，他怀念家里床上的那个有点硬的枕头。刚刚，女孩将烟头按灭后从二楼的阳台扔下去，转身回屋。刚刚，男孩用牙咬开一个坚硬的核桃。刚刚，女孩在衣柜中寻找她那条上星期六买的圆点短裙。刚刚，他戴着帽子背着登山包转身走进荒野，他要找到一条河，今晚在河边吃饭，写日记，宿营。

88

　　刚刚，男孩站在自行车的前面不远处，他试图将手里的网球扔进自行车的车筐。刚刚，下雨了，他很激动，他终于有机会穿他新买的雨靴。刚刚，女孩坐在沙发上等一个电话，过了一会儿，电话没有响，女孩开始躺在沙发上等。刚刚，老人对上帝祈祷，请给我来一份巧克力味的死亡。刚刚，父亲为还未出生的女儿念《草叶集》，女儿在母亲的肚子里持续地动。刚刚，原野上的草在尖叫，声音过于轻和细，连趴在草上打盹的狗也没有听见。刚刚，女人站在厨房里煮咖啡，听见窗外一辆汽车逐渐远去的声音，直到那种远去的声音彻底消失不见，咖啡依然没有煮好，但是快了。刚刚，他决定放弃拉了12年的小提琴，尝试改行做一名行驶线路蜿蜒的公交车司机。刚刚，她在离家出走的火车上睡着了，她将在睡梦中穿过视野开阔的平原。刚刚，他连抽了三根烟，那是烟盒中的最后三根烟。刚刚，他在前往餐厅的路上，已经决定了点牛排，但是直到走到餐厅门口，他也没有想好要几分熟的，他不得不在餐厅门口停下来，他想完全想好之后再进去。刚刚，一只头朝下的苍蝇趴在阳光照耀的门框上，它投射在身旁的影子比它要大一些。

89

刚刚，她心不在焉地切一块姜，差点切到自己的手指。刚刚，一只俯冲的鸟突然向上折返。刚刚，他在汉堡王买了一份中薯条打包，准备带进电影院去吃。刚刚，等电梯的人中有人按了向上键，后来的女孩按了向下键。刚刚，他从一堆袜子中挑出一双适合今晚心情的，坐下来先穿右脚，穿到一半他意识到他总是先穿右脚，他马上把袜子脱下来，今晚他要先穿左脚。刚刚，前面的汽车打了向左的转向灯，后面开车的女孩看见后，也马上打开向左的转向灯。刚刚，一条狗过马路，没有看红绿灯，而是选择路上没有车经过的时候，它就加速跑过去了。刚刚，有一些弥足珍贵的东西，在她的心里变成了细细的灰烬。有一个男人，被她关进潜意识的地下室。刚刚，一个淡红色的沙发从河面上漂过，它是从上游漂下来的。刚刚，他认为只要还有人听音乐，人类就还有希望。刚刚，一个女人站着拉小提琴，一个比她大的男人坐着拉大提琴。刚刚，得了癌症的作曲家用叉子吃切成块状的苹果，他的另一只手还在盘子边不自觉地打着节拍。刚刚，他启动午夜停在路边的汽车，在前车灯骤然照亮的那一小块范围内，一片落叶晃晃悠悠地从黑暗中的树上落下。

90

刚刚，她从钢琴声里听出了，弹奏者那双手的衰老程度。刚刚，他站在那里，一头白发对着一片看不见深处的绿林。刚刚，少年从午睡中醒来，发现蝉鸣中的音乐性。刚刚，孤独感从他的心底升起，还需要一段不算短的时间，才会溢出他的身体。刚刚，短促的狗叫声从密集的雨声中传来。刚刚，女孩关上敞开的门后，门外的雨声马上显得遥远。刚刚，当黑暗的电影院里响起坂本龙一给《末代皇帝》写的一段音乐时，看电影的母亲肚子里的女婴开始明显地动。刚刚，他用一根食指按下一个钢琴键，声音完全消失了，他还坐在那里不断地回味。刚刚，他一边系围脖一边向前走，救火车从他的身旁开过。刚刚，女孩手边的奶茶还剩最后一口，早已凉。刚刚，一个人在纸上随意涂抹的线条和一只鸟在空中飞行的轨迹，有某种相似之处。刚刚，他用录音工具捕捉到了古老的冰川融化后水流的声音。刚刚，男孩关灯后，房间陷入黑暗，他摸着黑慢慢走到床边躺下，盖上被子闭上眼睛后，才摘下他戴了多年的眼镜。刚刚，一项伟大的运动正处于它的早期，天才做的一切都是必要的。刚刚，他内心深处真正想做的，就是驯养一朵玫瑰花永远开下去，任何时候都不要露出衰败的迹象。

91

　　刚刚，他拆开快递，是前几天在"有时遇见熊"公众号里下单的雪山野生蜂蜜。刚刚，服务员将一罐未打开的可口可乐放在桌上，再把一个空杯放在桌上，空杯中还放着一根蓝色的吸管。刚刚，离一场交响乐的演出，还有3小时59分。刚刚，他认识的摄影师在朋友圈转发了便宜出租摄影棚的消息。刚刚，雨已经停了很久，但是那些潮湿的东西还没有来得及干。刚刚，因为思维的惯性，他还没有开口，深爱他的女人已经猜出他要说什么。刚刚，人潮退去的海滩，没有留下垃圾，只留下很多深浅不一的脚印。刚刚，一只蚂蚁的慢和一个老人在风中回头的慢，可以放在一起欣赏。刚刚，从南坡爬山的人与从北坡爬山的人，几乎同时登上正在落日的山顶。刚刚，在远离瀑布的地方，女孩听见非常丰富又有层次的声音，她最喜欢的是其中一种陌生的鸟叫。刚刚，在法国人的港湾，从船上走下来一个年轻的英国女人。刚刚，在一群狼中，他隐藏起自己身上羊的气息。刚刚，抬头看天的旅人低头后，才发出一声轻轻的叹息。刚刚，过河的马与对面同时过河的狗，在河中没有产生任何眼神的交流。刚刚，逃跑家从启动不久的火车上跳下。刚刚，勤快的女人弯腰为摆在角落里的垃圾桶套上一个新的塑料袋。

92

　　刚刚，他在忘我的工作中，也忘记了身体上的隐疾。刚刚，男孩跟着拐角遇见的一阵风去流浪。刚刚，托尔斯泰意识到，复活是只能发生在死者身上的事情。刚刚，他在诗中写道：对于迷恋舞蹈的女人而言，走路就是一种折磨。刚刚，女孩在一个初次见面的男孩身上，感受到一种神秘的吸引力。刚刚，即将出差的儿子，把喂猫的工作郑重交给他已经苍老的父亲。刚刚，他在幕后推动一项法案的修改。刚刚，他发现家里唯一的手电筒，找不到了，问了老婆，她也不知道。刚刚，电脑突然黑屏，写了一天的东西还没有来得及保存，他感到一阵绝望的窒息。刚刚，长途车在深夜缓缓停下，下车小便的人发现已经到了能看见群星的野外。刚刚，从他的长篇小说中，教授看出一个德国作曲家对他的影响。刚刚，一匹躁动的母马从回旋的风声中，获得内心的安宁。刚刚，为遇见这个女人，他用掉半生的好运气。刚刚，他在冲浪时，找到与这个世界独特的相处方式。刚刚，一个中年女人在为病床上的母亲，描述窗外一朵云的形状。刚刚，小男孩与一只笼中的鸟对话，他主要是在倾听，只有在鸟问他问题的时候，他才会简单地说几句。

93

刚刚，他在一棵树下等待一只即将撞树的兔子。刚刚，男孩在女孩睡着后，俯身接近她的嘴唇，但最终没有亲下去。刚刚，烤面包的师傅身份被拆穿，他原来是一个无法给母亲打电话的逃犯。刚刚，哲学家发现，本质只是更深层次的表象。刚刚，一颗滚石从一个无限长的斜坡上滚下。刚刚，他站在巨人的肩膀上眺望，他看见的，他不想说。刚刚，一只猫和一只蚂蚁的互动，让旁边驻足的老人想哭。刚刚，艺术家塑造出的群像，让你无法记住其中任何个体。刚刚，妈妈脸上的一根神经开始痛。刚刚，创业者仿佛看清了一个行业的走向。刚刚，少年在一个异乡的上午走出失恋的阴影。刚刚，送葬的最后一辆车，因为单独等一个红灯，而走上错误的岔路。刚刚，一条狗跟着它的男主人，登上开往非洲的夜火车。刚刚，一个时代的晦涩，被一个更晦涩的诗人浅薄而又准确地表达出来。刚刚，一头牛象征着整个逝去的农业文明。刚刚，一根鹅毛的重量，压在他身上，让他感觉自己是　个微不足道的小角色。刚刚，警察没有找到任何可以证明凶手杀人的证据。刚刚，他不小心口误说出的那个词，暴露了一个狼子的野心。

94

刚刚，他坐在宇宙中他最常坐的那把椅子上，空想一些没用的。刚刚，羽毛球双打的两个人配合得太好了，关键在于他们并不是夫妻。刚刚，一个词在另一种语言中，找不到对应的翻译，连接近的词语都没有。刚刚，他虚构一只老虎，在一列缓慢行驶的火车顶上，逆着火车行驶的方向小步走动。刚刚，一只羚羊的经验，帮助它躲过一劫。刚刚，天才随口瞎编的故事，仿佛古老人类的寓言。刚刚，一个扫地阿姨身上的神性苏醒了。刚刚，一个秘密借由一则谣言开始在社会上传播。刚刚，在一朵乌云消散的时间里，她吃完一份熟悉的甜点。刚刚，佛陀对一朵花布道。恐龙向外星人忏悔。刚刚，隔着一张窗户纸，他触摸到真理。刚刚，她在街上遇见电影中连环杀手的原型，只不过他已老去。刚刚，一个女人在一棵橡树下站一会儿，然后开始离开这棵橡树，她越走越远，等到她站住回头的时候，她已看不见这棵橡树。刚刚，排队买奶茶的队伍在缩短，两颗心在一番长谈后更加疏远，气温在不断下降，她身体里红细胞的数量在减少。刚刚，最后一个绅士去世，世界的粗鄙无法阻止。刚刚，祖父亲手种植的树，被亲孙子砍了。

95

刚刚，结冰的河水阶段性丧失流动的属性。刚刚，在等待昙花绽放的时间里，他给应该正在打麻将的母亲发了一条微信。刚刚，他开始相信语言就是上帝。刚刚，柏拉图发现内容不值一提，只有纯粹的形式闪烁着光芒。刚刚，量变即将引起质变，还差最后一根压垮骆驼的稻草。刚刚，一束从人马座星云发出的光，其中包含的信息量，超过世界上有史以来所有的知识累积。刚刚，饭烧煳的味道，从厨房传到客厅。刚刚，女人找到进入一个孤僻男人内心的途径。刚刚，在扉页空白的右下角，诗人快速签下自己的笔名。刚刚，他发现卖飞机和卖一支牙膏背后的方法是一样的。刚刚，一条龙在完全显露真身后，感觉到作为一条龙的局限。刚刚，一头站在冰面上的豹子，慢慢趴下来。刚刚，一个哑巴和一个聋子在大街上发生剧烈的冲突。刚刚，去年从遥远的地方买回来的种子，终于开花。刚刚，大量的雨水，从天上落下，落到牵牛花的叶子上，落到正在行驶的汽车上，落到流动的河水中，落到移动的雨伞上。刚刚，他找到一种斑斓的黑色。刚刚，一只习惯晚睡的猫，将一只门口的拖鞋叼到客厅的沙发边，过一会儿，它又把这只拖鞋叼进敞开门没有人睡的客卧。

96

刚刚，他靠巴赫的大提琴无伴奏组曲度过了生命中的第一次中年危机。刚刚，黑暗的山后传来象的叫声。刚刚，一条梦见龙的鱼开始从河流游向大海。刚刚，她爱上他的全部。刚刚，血液里氧气的缺少，迫使他不断地深呼吸。刚刚，他通过重新解释一个词，而重新解释了这个世界。刚刚，按照万有引力的规定，一颗行星被恒星捕获。刚刚，少女连续读出一个多音字的三种读音。刚刚，教室里弥漫着一种普遍低落的情绪。刚刚，她会心一笑，读懂了他美妙的暗示。刚刚，女孩掌握了青椒炒肉的最佳做法。刚刚，一个老男人的天真，令人心碎。刚刚，一个杀手的不安，从他无法停止颤抖的右手开始。刚刚，他非常清楚地表述了一个复杂的问题，听懂的人都陷入沉思。刚刚，路边两辆车之间的空当，还可以停一辆车，但对司机的技术有很高的要求。刚刚，他在咖啡杯的底部，发现隐秘的标志。刚刚，她将一块蛋糕的糖分，转化为跑步时消耗的能量。刚刚，女孩的教养，让她没有先挂电话。刚刚，一辆火车在终点站停下，那是它所能够抵达的最远的地方。刚刚，母亲因为发脾气摔碎一个她新买的杯子。

97

刚刚，老人的脊柱弯曲到了一个令人侧目的地步。刚刚，一双袜子露出两个不相邻的脚趾。刚刚，男孩正在观察一块持续吸水的海绵。刚刚，一颗狗的牙齿完成了它的使命。刚刚，她在海边，碰见很多抽烟的女人。刚刚，母亲的谎话，对男孩产生深远的影响。刚刚，他紧紧抓住脑海中不经意间出现的一个念头。刚刚，南飞的鸟群严格控制思想。刚刚，有翅膀的拥抱有手的。刚刚，冬泳的人在步行回家的路上哀叹。刚刚，风卷残云，沉渣泛起，白刀子进红刀子出。刚刚，漫长的告别，从还未出生就已开始。刚刚，一只猫的鼾声，没有吵醒它疲惫的女主人。刚刚，吃午饭的时间到了，他还在睡觉。刚刚，对于一个人的痛苦，另一个人感到无能为力。刚刚，她起床后身上经久不散的阴郁，让她的猫不敢靠近。刚刚，两个放在货架上的新杯子之间细微的差别，被她看出来了，她选择有一点瑕疵的那个结账。刚刚，一个失眠的牙买加女人看见，每年只在一个夜晚开放的牙买加夜皇后开了。刚刚，擅长遗忘的老人，把他想记住的事都写在一个本子上，他终于忘记了那个本子的存在。

98

刚刚，一只鸟穿过一朵云，这就是它们之间的关系。刚刚，在他的想象中，所有的死者都登上一列不断增加车厢的火车。刚刚，从不可言说之处，不断诞生新的概念。刚刚，一条蛇咬住自己的尾巴，形成一个象征的闭环。刚刚，只允许自己使用五百个常用汉字的男人，写出不朽的杰作。刚刚，在价值观的洼地，只有天才能够跳出三界外。刚刚，她用手抚摸一块丝绸的表面。刚刚，一个词语被彻底遗忘，人类想起来的任何一个词语都不是它。刚刚，一个人爱上他从娘胎里带来的疾病。刚刚，在下落的过程中，每一滴雨都是分开的。刚刚，在一首短诗的结尾处，他让所有人都感觉意犹未尽。刚刚，子弹穿过一个俘虏的额头，从后脑穿出，那是一段通道。刚刚，她运用了一点技巧，轻易甩掉跟踪她的人。刚刚，他从一个少女的脸上，辨认出昔日故人的模样。刚刚，女孩凭直觉，拒绝了他。刚刚，圆脸少年钓上来一条大鱼，对于一个昏昏欲睡的新手，这绝对是一个意外。刚刚，换好衣服的女孩听见楼下男孩的口哨声，那是他们之间早已约定好的暗号。

99

刚刚，她在他的耳边说了一句话，他听见后又在身旁另一个人的耳边说了这句话。刚刚，逃亡者摸黑登上一座大海中的孤岛。刚刚，一只老鸟把对雨季和天空的理解，告诉给一只新鸟。刚刚，面目全非的他回到面目全非的故乡。刚刚，一名前锋摆脱两名对方的后卫。刚刚，他放弃对一个困惑的追问。刚刚，一辆拥挤的地铁上，同时出现三个空位。刚刚，一条大河并没有因为冬天的来临而停止流动。刚刚，他躺在黑暗中的床上，从众多声音中，分辨出一种细微而又陌生的声音，那是他唯一不知道来源的声音。刚刚，男孩往蚂蚁洞中灌水。刚刚，早起散步的老人已经开始返回。刚刚，一头公牛的愤怒，让整个村庄的狗都躲了起来。刚刚，在大陆上游荡的年轻人，正在逐渐接近海边。刚刚，背对着夜晚的莱茵河，她站着抽了一根烟。刚刚，大象的沉默引起了飞刀表演者的注意。刚刚，他在山脚，遇见一个从山上下来的道士。刚刚，他尝试杀死比喻。刚刚，他反对一切形容词。刚刚，下楼的猫遇见上楼的母亲。刚刚，不断咳嗽的男人把车停在药房的门口。刚刚，女孩坐在灯光中的沙发上翻一本书。刚刚，一场优雅的对话在矢车菊和鸢尾花之间展开。

100

　　刚刚，在吃一块巧克力的时间里，她吃了一块巧克力。刚刚，在巴黎的郊外，他遇见一个正要前往巴黎市区的女人。刚刚，男孩捅了一个马蜂窝。刚刚，一个在海边游泳的人游着游着就从海水里站起来向沙滩走去。刚刚，坐在黑暗中，他的右手一点点地接近她的左手。刚刚，用被蒙住头的女人在被子里小声哭泣。刚刚，他发现自己是一个没有什么界限感的人。刚刚，他对大蒜的热爱已经超过深夜的风声。刚刚，一匹马跑得太快，路人都没有来得及看清骑马人的样子。刚刚，周作人遇见偶尔会发生的停电，他穿着长袍在黑暗中坐了一会儿。刚刚，站在阳台上的马尔克斯凝望海明威远去的背影。刚刚，为花香着迷的猫蹲在窗台上不肯下来。刚刚，她问了一个问题，他开始沉默。刚刚，走出美术馆的女人抬头看了一眼天空，接着低头打开手中的雨伞。刚刚，女孩趴在桌子上写作业，女孩的妈妈在隔壁的房间里参禅。刚刚，他在路上耽搁一小会儿，坐在餐厅等他的女人一点都没有着急，一切都在她的预料之中，包括他的迟到。刚刚，一个男人在大街上倒退着走路，他牵的狗也倒退着走路。刚刚，盛宴进行到高潮，他悄悄溜到门口，将手上的围巾缠在脖子上，打开门抽身而退。

101

刚刚，当发现家里只有酒，没有面包的时候，他并没有感到心慌。刚刚，一头虎的经验，进了城就没什么用了。刚刚，殉道者在洗人生中的最后一次澡。刚刚，随着夜晚到来的，是一位神秘的访客。刚刚，小道消息在百姓间弥漫。刚刚，在院子里的桃花开放之前，爷爷不认为春天已经到了。刚刚，女孩在电话里否认昨晚去酒吧喝酒的事。刚刚，对于森林深处的一棵树而言，它周围的任何一棵树知道的，都不比它多。刚刚，附近的蚂蚁都向一个裸露出苹果核的苹果聚集。刚刚，一个理想主义者心中的烛火熄灭了。刚刚，女孩对他的印象不断好转。刚刚，放牛的少年一屁股坐在，佛陀曾经坐过的地方。刚刚，年迈的母亲向犯错的中年儿子敞开怀抱。萧红向鲁迅敞开心扉。刚刚，狐妖遇见埋伏。刚刚，神捕蹲在地上，发现远去者无意中留下的踪迹。刚刚，一个风尘仆仆的北方人登上南下的火车。刚刚，一头适合远观的豹子来到近处。刚刚，条纹在一匹布上均匀分布。刚刚，他死了，她的守候终于变得多余。刚刚，河东传来狮子的吼声。刚刚，他从电话里听见女儿的笑声。刚刚，羽毛球精确地落到他想要它落到的那个位置。

102

刚刚，临终前一天，他靠在病床上一口气喝了一杯鲜榨橙汁。刚刚，星期五的晚上，步行回家的人没有向低飞的麻雀吐露一点无奈。刚刚，他站在一个圆形的窨井盖上，抽完一根烟。刚刚，她说列侬的眼睛里有云。刚刚，他们结束长达9个小时的对谈，他一口菜也没有吃，全程都在向对方解释和道歉。刚刚，一朵忍冬花的忧伤，让一个男孩站在花园里不愿意离去。刚刚，她站在一艘轮船的甲板上，给身处陆地腹部的情人打电话。刚刚，他走出北京的地铁，才收到她从伦敦发来的短信。刚刚，一只猫答应为一只狗保守秘密。刚刚，在对的时间，对的地点，他遇见一只对的鸟，鸟说，你今晚如果无法完成那首写了一年的长诗，你此生将一事无成。刚刚，河马准备上岸向一头大象表白。刚刚，他对着镜子伸出舌头，观察自己生病后的舌苔。刚刚，隔壁装修的噪音，并没有让他停下打字的手指。刚刚，父亲在和母亲学习怎么给孩子换尿布。刚刚，他发明了轮子。刚刚，一个三角形被困在一张纸上。刚刚，女孩把一把椅子从厨房搬到阳台上，她要站在上面晾衣服。刚刚，喝咖啡的人向喝奶茶的人表示轻蔑。刚刚，一个巨人从窗户边走过，人们只看见他比大象还要粗壮的小腿。

103

刚刚，一个女人走进满是男人的屋子，每一个男人都感觉屋子变得明亮起来。刚刚，对于一棵无法移动的树而言，它发表怎样的牢骚，牧羊人都不感到奇怪。刚刚，他意识到新鲜感和陌生感还是不太一样。刚刚，在曼彻斯特的海边，她遇见一只喜欢叹气的海鸟。刚刚，处在上升期的年轻人，搞砸了老大交给他的事情。刚刚，他发现无论他把那根骨头扔到多远，他的狗都会把它叼回来。刚刚，男人在睡梦中越过山海，直接看见在尼泊尔念金刚经的女孩。刚刚，最后一个会轻功的人爱上背着手走路。刚刚，列侬在访谈里说，他和小野洋子都不是赶时髦的人。刚刚，没有人在乎一只老鼠的想法，猫也不在乎。刚刚，在没有树干的地方，啄木鸟孤独地敲击着空气，敲击的声音只回响在它还没有鸡蛋大的脑海里。刚刚，一个被低估的厨师煎出一块完美的牛排。刚刚，他感到危险的时候，已经来不及了。刚刚，他坐在岸上，长时间地看着清澈溪流中的鱼。刚刚，退休的萨克斯手，为了抽血体检，从昨晚开始就一口水都未喝。刚刚，涂鸦者走在大街上，看见一堵想象中的白墙，激动得心脏病都快犯了。刚刚，他走到楼下，怀疑自己没有锁门，只好再次返回楼上。

104

刚刚，一匹蒙古马的形状，在长途奔跑中，发生微妙的变化。刚刚，他走一条小路，更快地回到家中。刚刚，打开一扇三楼的窗户，楼下最高的树，也没有高过这扇窗户。刚刚，女巫命名了一种新的情绪，她希望它不要像沮丧那么流行。刚刚，一个很短的问题，得到一个很长的回答。刚刚，随机的落叶，恰好有一片落到蜗牛的背上。刚刚，在让他心动的姑娘面前，他忘记了自己熟练掌握的一切花样。刚刚，男孩即将摸到一块龙鳞。刚刚，坐在帆船上钓鱼的人，觉得还是在岸上钓鱼更适合自己的心境。刚刚，女人翻出一张手机里的照片，拍的是昨天下午的海浪。刚刚，硬汉在努力记忆新的舞步。刚刚，下班的水管工喝着牛奶嚼着面包，倾听着水在水管里流动的声音，他觉得人生此刻最美妙。刚刚，夜观天象的人，咽了咽口水。刚刚，一个简单的发音，对于他是那么的难。她教他一晚上，他也不敢说学会了。刚刚，旁观者转身离去。刚刚，他洗完了一个长达一个半小时的冬澡。刚刚，走运的鱼向大海深处游去。刚刚，一对情侣，成功地学习到彼此身上最差劲的品德。刚刚，沉默的男孩在荒地上烧叶子。刚刚，在傍晚的阳台上，他看见一只熟悉的鸟正从树上起飞。

105

　　刚刚，少女从台阶上摔下来，跌伤纤细的脚踝。刚刚，少年听课时，真正充满他脑海的是窗外的鸟叫声。刚刚，妈妈在用熨斗烫衣服。刚刚，诗人迁居上海，尝试戒烟。刚刚，他背着他已睡着的弟弟，去寻找可能在河边钓鱼的父亲。刚刚，所有人都注意到了作品中的错误。刚刚，女人在海边奔跑，男人在后面追她。刚刚，河外星系出现一个漩涡。刚刚，一个去埃及看尼罗河的女人，坐飞机回来了。刚刚，神父宣布，上帝就在我们中间。刚刚，游泳的人碰触到拦网，开始往回游。刚刚，小道士的头在墙上磕了一个包，师父告诉他，如果你无法忘掉墙这个文化概念，你永远也无法穿墙而过。刚刚，古巴少女在大腿上搓一根雪茄。刚刚，都灵的马倒在雾中。刚刚，男孩藏在灌木丛的后面，酝酿跳出来的时机。刚刚，他用一只眼睛去看黑黑的枪管里面。刚刚，她躺在床上，感受到夜风吹过时窗户轻微的颤动。刚刚，从别处来的人，还没有完全融入当地的生活。刚刚，鲨鱼鳍露出海面。刚刚，每一条深水鱼，都避开了，光照亮的海水。刚刚，因为离得太近，他什么都没有看清。刚刚，她恰好处于观察一头斗牛的完美距离。

106

刚刚，他觉得自己就像一条密封在罐头里的沙丁鱼。刚刚，奇点在一个普通的夜晚突然来临。刚刚，你没有想到，这个夏天，跟着你最久的，是一只无头苍蝇。刚刚，客厅过于狭小，他往前走两步就要转身。刚刚，在一个空气新鲜的早晨，他第一次看见他的邻居也正好出门。刚刚，她在清洗一块抹布。刚刚，运床垫的车已经进了小区。刚刚，男孩发表对一头大象的偏见。刚刚，开往终点站的公交车上，只剩最后一个乘客，他的呼噜声响彻整个车厢。刚刚，女孩和她的妈妈，交换对轮回的意见。刚刚，女人递过来一只插着吸管的椰子。刚刚，矛攻破盾。刚刚，落水狗上岸，它的主人在它的后面吃力地划着独木舟。刚刚，一颗滞涩的流星划过西南方的天空。刚刚，男孩为了给一只鸟梳理羽毛而放弃永恒。刚刚，一只鸡下了一只过时的蛋。刚刚，她昏倒的地方，离恒河很近。刚刚，今晚星空的秩序严密而又清晰。刚刚，她站在晚年最爱的一扇窗边，吹着夏日的晚风，观察天色中是否有下雨的迹象。刚刚，一粒鸟屎落在陀思妥耶夫斯基的大衣肩膀上，他根本就没有注意，在机械而又舒缓的行走中，他已完全沉浸在《白痴》如何结尾中。

107

刚刚，他说，万物的存在都是为了在一首诗中现身。刚刚，走到哪里都戴着一顶帽子的男孩，从一座大桥下走过。刚刚，他揉着眼睛去喂马。刚刚，他看见一颗炮弹的去向，却没有看到这颗炮弹的落点。刚刚，巡逻队走过午夜的大街，再次什么异常也没有发现。刚刚，失业的纺织女工一根烟还没有抽完就开始哭泣。刚刚，她认为敏感是一个携带诗意的词语，可以造出一个好句，比如，一头对天气敏感的鹅，想在天亮之前用完一个冬天积攒的怀念。刚刚，鹤患上严重的偏头痛。刚刚，为逃避干农活，他考上了大学。刚刚，在把一个昏迷的女人送往医院的途中，她在救护车上醒了。刚刚，他保留了 ·根鲣鸟的尾羽。刚刚，男人带着一把匕首远赴西伯利亚。刚刚，为写出一个有巨大煽动力的短句，他彻夜未眠。刚刚，最自卑的人，也以自己的方式，表达了对白矮星的看法。刚刚，他向峡谷中扔了一块石头，从石头落地的时间，推测峡谷的深度。刚刚，为了让猫在地毯上跳舞，他只好放披头士乐队的第一张专辑。刚刚，随便一个路人都看出他的颓丧。刚刚，他夜宿巴黎。刚刚，赶路的人，午饭都是在汽车上吃的。刚刚，女孩在眺望一只袋鼠上，消耗了15分钟的时光。

108

刚刚，看见洁白的天鹅后，男孩就扔掉了手上准备打水漂的石头。刚刚，他一有空闲就想去海边闻苦艾的味道。刚刚，他跪着用抹布反复擦地。刚刚，少年还没有娶妻，就已尝尽人生的苦涩。刚刚，卡车上的货物全部搬空。刚刚，还没有被语言完全吞噬的大人从超市买回一个柚子。刚刚，整个冬天的村庄一片漆黑。刚刚，重返废墟的猫头鹰，又飞走了。刚刚，宰相没有找到迷宫的入口。刚刚，她在避风港中听着风声。

刚刚，妈妈的耳朵，还有一只能正常听见声音。刚刚，晚饭后他开始召唤一只可以陪他聊哲学的朱雀。刚刚，女孩被一种无处不在的寂寞包围。刚刚，天使在坠落的过程中，打了一个电话。刚刚，鸟和犹太人直接对话。刚刚，魂灵盘旋在肉体上方。刚刚，他中断对一滴海水的研究。刚刚，数学家在等待一块烤面包。刚刚，对于他想强调的事情，他唯有重复。刚刚，好的茫然遇见好的坚定。刚刚，一粒原子终于放弃思考。刚刚，一朵花确定的理想是从未开放。刚刚，一束光的冷漠超出你的想象。刚刚，老鼠也想出现在一个诗意的句子中。刚刚，女孩对母亲说出她的嫉妒。刚刚，徒劳的人正沉浸在创造的幻觉中。

第二章

短句跳跃

109

刚刚，女孩觉得房间里的苍蝇必须死。刚刚，生病的猫，依然严格遵守万有引力。刚刚，男孩尽量避免光照。刚刚，东风再次拒绝仪式的利用。刚刚，大象赶上了一天中阳光最好的时候。刚刚，诱惑压倒一切。刚刚，老虎说出它不为人知的缺陷。刚刚，一棵孤零零的树，野蜂环绕。刚刚，最困难的时期已经过去。刚刚，与鳟鱼有关的知识，老人倒背如流。刚刚，石头的智力让它保持不动。刚刚，他克服了一碗中药的苦味。刚刚，背对着我们弹钢琴的男人，他知道自己每一根手指的性格。刚刚，突如其来的打击，让这个女人变得更加沉默。刚刚，男孩用手指戳风。刚刚，他从句子中剔除智慧，剔除意义，剔除象征，但还是无法取得一句真正的废话。刚刚，傲慢的人根本就没有露面。刚刚，独立的人再也没有回来。刚刚，病毒发展出思维。刚刚，鸟在一根钢丝上站立太久。刚刚，在一件事情彻底无法挽回之前，他没有告诉任何人。刚刚，小女孩正在倾听一朵雏菊的观点。刚刚，你看不见的东西里面，其实只有一小部分是它们主动隐藏起来了。刚刚，我们无法判断，哪一道闪电更诚实。刚刚，狼窃听青草之间内部传递的消息。刚刚，女人见识到男人的肤浅。

110

刚刚，更多的光照在耶稣的身上。刚刚，他知道真理无法被说出，就唱了起来。刚刚，他在一个女人身上发现一种罕见的粗鲁。刚刚，一朵云被驯服。刚刚，他靠对芦苇的理解，度过生命中的黑暗时光。刚刚，他正在享受他的愚蠢。刚刚，一个原子核被打开，打开的人看了一眼，又悄悄合上。刚刚，穿着睡衣的女孩打开深夜的冰箱。刚刚，一条蛇，再也无法容忍动不动就下雨的气候。刚刚，循着一种气味，他来到地狱入口，但不知道怎么进去。刚刚，正在下台阶的女人，惊飞一只麻雀。刚刚，男孩站在高处的边缘。刚刚，喝过咖啡的神在休息。刚刚，完全松弛的兔子在做梦。刚刚，老鼠的尾巴上拴着一根绳子爬过漆黑的管道。刚刚，他在单纯地等待天上掉馅饼。刚刚，真正愤怒的人头上在冒烟。刚刚，卡路里在燃烧。刚刚，拖鞋主动发出声音。刚刚，酸奶承认，并不是所有人都喜欢自己这种酸。刚刚，来做客的人有点多，很多人只好站着。刚刚，女儿睡着了，父亲轻手轻脚，屏住呼吸离开女儿的房间。刚刚，喜欢蜥蜴的男孩，伸出改造过的分叉的舌头。刚刚，对于落在身上的雨点，她毫不理睬。刚刚，她训练自己延长相邻两次眨眼之间的时间间隔。

111

刚刚，它不再闪烁。刚刚，与一条活鱼对视。刚刚，给墙壁刮大白的工人从矮梯上下来。刚刚，她摆脱了一种方言语境。刚刚，在一场漫长的叙述中，他没有使用任何一个轻浮的词语。刚刚，女人很难对一只飞蛾，保持客观。刚刚，铁匠用一根光打造匕首。刚刚，因果链被切断。刚刚，连他自己也不知道为什么要这么做。刚刚，她指着天空说，必须要倾听我们之间的这场谈话，是神受到的惩罚。刚刚，他爱上了短句。刚刚，他说出一个新词，世界变得更加复杂。刚刚，一只藏在暗处的小咬，终于避开神的目光。刚刚，孕妇还没有完全消化昨晚吃的食物。刚刚，一个洗裙子时产生的肥皂泡即将破裂。刚刚，原点越来越模糊。刚刚，他发现事情中唯一的破绽。刚刚，猫一直处于怀疑中。刚刚，大雾越来越浓。刚刚，快感在持续。刚刚，一个女人发现了一粒沙子的细腻。刚刚，月光的瑕疵在扩大。刚刚，一条不算长的线段上，遍布着无数个点。刚刚，关公坐在沙发上。刚刚，她在明亮中感受到一种幽暗。刚刚，他沉迷于错误。刚刚，量子在跳跃。刚刚，残像消失。刚刚，他遗留给这个世界的思想，遭到普遍的误解。

112

刚刚，绿色从脑海中跳出来。刚刚，空气稀薄。刚刚，他看见一列火车的侧面。刚刚，雉出现幻觉。刚刚，不朽之作被掩盖。刚刚，乌龟的目光滑向噪音。刚刚，女孩尝试打鼓。刚刚，内疚在减弱。刚刚，在自动扶梯上往下跑的女孩，有自己的节奏。刚刚，样本量还不够多，统计结果没有意义。刚刚，鸵鸟突破重围。刚刚，两样东西一起买，才有折扣。刚刚，貂的心态失衡。刚刚，她爱上她们之间的暧昧。刚刚，龙在思考无穷。刚刚，在没有神的眷顾下，他处于阶段性的绝望中。刚刚，他吹灭女人的嘴唇。刚刚，他被低级趣味笼罩。刚刚，马眼残留落日。刚刚，女人身上的每一根汗毛都拥有属于自己的感官。刚刚，看不清结构的时候，他宁愿钓鱼。刚刚，所有的人都误会了他们的关系。刚刚，风还是有点大，这对于感冒没有完全好的女人，如果她要出门，这就是一个问题。刚刚，她决定再也不买帽子了。刚刚，他问一个路人，你是鬼吗？刚刚，女孩的一只脚趾上的指甲盖发生轻微的变异。刚刚，浅薄在流行。刚刚，雎鸠做出一个令人大跌眼镜的判断。刚刚，一个人的影子消失在另一个人更高大的影子里。刚刚，从房顶上下来的父亲，不小心踩到自己从上面吐出的唾沫。

113

刚刚，畸人在喝一杯陈年的红酒。刚刚，鸟退回史前。刚刚，鹿不按套路出牌。刚刚，傍晚的古老性被揭示。刚刚，大雁放弃南飞的标准形式。刚刚，她们母女不再为难彼此。刚刚，女孩脸上雀斑的分布，迷人而又没有规律可循。刚刚，一个词的消失，还没有来得及对世界产生影响。刚刚，一只牛虻在讲经，牛努力遗忘。刚刚，兰花的数量在整个宇宙中都没有太大的变化。刚刚，狈保持微笑。刚刚，在淘汰的人中，他是最好的。刚刚，鸟拒绝回答。刚刚，在妈妈的考虑中，并没有包括门把手的光滑度。刚刚，时空在某个地方翘起。刚刚，全世界的风，共同分享了一个人类的秘密。刚刚，楼梯自己响。刚刚，他没有抓住问题的关键。刚刚，傍晚的来临，让一只蝙蝠的遗憾被忽略。刚刚，海豹骨折。刚刚，光在重要的时候缺席。刚刚，大脑缺氧。刚刚，一只手离开冰凉的栏杆。刚刚，孤家寡人符合他对自我归宿的想象。刚刚，猫怕雨。刚刚，接近一种看不见的气息。刚刚，猕猴下火车。刚刚，这里没有什么值得用手摇晃的东西。刚刚，悲伤很直接。刚刚，事实就是，我不拥有任何一匹马。刚刚，霍乱发生时，他的祖父都还没有出生。刚刚，一朵花的纹理，让蜜蜂感到一阵眩晕。

114

刚刚，一颗牙齿痛。刚刚，她弯腰采茶。刚刚，男孩从假装摔倒中反复得到乐趣。刚刚，容器上有灰尘。刚刚，捕捉懂风水的信天翁。刚刚，猫厌恶暴雨。刚刚，谁也没有想到，他酒后喜欢与门对话。刚刚，他的敷衍被轻易看穿。刚刚，提到洋流的时候，女人在逛淘宝。刚刚，她的好脾气用完了。刚刚，请给我来一瓶柠檬汁。刚刚，他还剩下一点琐碎的悲伤。刚刚，一朵花的枯萎，已经到了朝它吹一口气就烟消云散的地步。刚刚，小儿子在捣乱。刚刚，苔藓增厚。刚刚，它看起来不像一只坏的昆虫。刚刚，父亲显得很神秘。刚刚，远处的光很微弱。刚刚，对于一只成熟的香蕉，它的颜色有明确的规定。刚刚，慢一些的人只好晚到。刚刚，他向往热带。刚刚，大象体力不支。刚刚，她还是一颗受精卵。刚刚，夜莺无法分辨谎言。刚刚，她也想用鳃呼吸。刚刚，在稍后的定稿中，他又删掉那个词。刚刚，鸟脚黯淡。刚刚，小人忧伤。刚刚，在事态发展的后期，神仙也感到无力。刚刚，复制一只獾的笑声。刚刚，她的耳朵里进水了，她歪头，单脚跳。刚刚，议论一件过时的事。刚刚，风向在改变。刚刚，他列举虚度的好处。刚刚，河马通过看书补充对涅槃的看法。

115

刚刚，栗子掉地。刚刚，后肢受伤。刚刚，作为一条成年的蛇，它有点太短。刚刚，鬼再也不用呼吸空气。刚刚，诗最大的伤感，还是充满了意义。刚刚，顿悟平行于冥想。刚刚，水桶满了。刚刚，他找到一个从未有人想到的角度。刚刚，处理大脑的纠结。刚刚，绝对的难堪连一头骆驼也无法承受。刚刚，朝着必败前进。刚刚，发达的神经让他体验到层次丰富的痛苦。刚刚，你说什么，都有人和你恰恰相反。刚刚，她看见总来她家院子里蹭饭的那只野猫老了，脚步有些蹒跚。刚刚，海马注意到阴天。刚刚，对故人的怀念在减少。刚刚，莫名生气太频繁。刚刚，在看得见海浪的房间里活动。刚刚，他没有找到任何一个流量为0的词。刚刚，一只蝎子的生活习惯，让人琢磨不透。刚刚，浪子开始节约。刚刚，理解没有机会遇见的一切。刚刚，他掌握了变压器的原理。刚刚，一根鸟毛，分量太轻。刚刚，他走到最后。刚刚，她对他说，落叶之所以会落，是因为一种叫脱落酸的物质。刚刚，局部多云。刚刚，他想找到一个场合，对上帝说一声对不起。刚刚，女人刮掉腋下的毛。刚刚，等待的马抖落一身风雪，虽然还没有见到人，但是情绪稳定。

116

刚刚，敲一下，它就开始嗡嗡响。刚刚，摊上事的神在深呼吸。刚刚，他在学狗叫这项技艺上，浪费太多的时间。刚刚，双赢。刚刚，书中挨着的两页，其中一页掉了。刚刚，自由落体。刚刚，大象表演忧郁。刚刚，他的真身是半人半猿。刚刚，耳背者与人谈命与漂泊。刚刚，他把一把支撑开的椅子折叠起来。刚刚，收集长短不一的狗毛。刚刚，她为孤独找到一种更好的用途。刚刚，竖起一根食指。刚刚，有什么东西在傍晚的天空中翻飞。刚刚，犀牛呻吟。刚刚，他离四十不惑，还差不到一年。刚刚，他意识到地球上的任何一个点，都不是宇宙的中心。刚刚，抑郁者感到压抑。伤感的猴子感到落寞。悲愤的蜘蛛感到无助。刚刚，他在一种趋势里努力地往出爬。刚刚，方便法门全部关闭。刚刚，对着虚空努努嘴。刚刚，公鹿只剩轮廓。刚刚，举个例子。刚刚，鸟感到委屈。鸟类不是一个组织，无法发表意见。刚刚，鲨鱼还没有微信。刚刚，海象彷徨。刚刚，他身上最迟钝的，是他的嗅觉。刚刚，相对于躲避危险，它更想躲避迷茫。刚刚，野猪鲁莽。刚刚，微不足道的依恋，也足够让人神伤。刚刚，何以解忧，唯有睡觉。

117

刚刚，腐烂的味道还没有蔓延。刚刚，瞌睡虫不断点头。刚刚，只要一走到那个地方，对气味敏感的马就会流泪。刚刚，她没有遇见需要大惊小怪的东西。刚刚，鲜明的观点稀缺。刚刚，随机太像一种有深意的安排。刚刚，对于任何走向，他都不满意，只好站着不动。刚刚，你不要和猫讲道理。刚刚，他看不到尽头。刚刚，智齿的命名让一颗无用的牙保有尊严的幻觉。刚刚，黑无常与白无常抱头痛哭。刚刚，一种柔软在她的心中荡漾。刚刚，他露了一手，技惊四座。刚刚，对于长度，只有他能够达到要求。刚刚，狐猴变脸。刚刚，他转身走进茫茫人海，没有给人留下任何印象。刚刚，贫穷还很普遍。刚刚，驯养一个不入流的神仙。刚刚，向鬼火靠拢。刚刚，接近上帝。刚刚，脊椎中的一节发生错位。刚刚，收官堪称漂亮。刚刚，结尾有点拖沓。刚刚，他具备一种可以搞砸任何事情的气质。刚刚，一只猫的尾巴暴露在干冷的空气中。刚刚，雌雄难辨。刚刚，退休的他，最想回到妈妈的子宫。刚刚，在理论上，一个人变成一只鸟的概率得到确认。刚刚，他去晚了，只好在别人挑剩下的蔬菜里，再次认真地挑选。

118

刚刚，鸵鸟避开陷阱。刚刚，在更早的时候，他就遁入了空门。刚刚，一段推论中没有逻辑错误。刚刚，一种液体泛着深蓝。刚刚，一只袋熊偷偷学会了抽烟。刚刚，蛛猴喝烈酒。刚刚，一段内心戏没有文字记录。刚刚，他发现炒蒜苔隔日热来吃味道更好。刚刚，世界上最长的一首诗正在艰难开头。刚刚，可靠的不再锋芒毕露。刚刚，一个女人身上的气息更接近一只捏在手里的橘子。刚刚，看守睡着了。刚刚，她想知道更多类似的事情。刚刚，拥有一只好看的咖啡杯，是他昨晚最大的欲望。刚刚，他看中一些好的担心。刚刚，他在家里的地位，仅次于猫。刚刚，她读了初稿，评价很高。刚刚，他作为乙方，最大的魅力，就是让又一个甲方沦为他的粉丝。刚刚，晦涩的表达，让人摸不着头脑。刚刚，大象的小脑在萎缩。刚刚，他引以为傲的部分，全是被淘汰的。刚刚，万物都在走向死亡。刚刚，猪在没有人注意的情况下出场。刚刚，男人在动摇。刚刚，分母为零。刚刚，反义词互相抵消。刚刚，它头上长角。刚刚，人类处于无尾状态。刚刚，语言在膨胀。刚刚，一根动脉硬化。刚刚，马不再坚持。刚刚，灵魂不再后悔。

119

刚刚，异乡人不需要开口。刚刚，老虎很过分。刚刚，任何一个被写下的句子，都有它的宿命。刚刚，他安于此处，无论这是低处，还是高处。刚刚，海浪是连续的。刚刚，她戴着手套摸结冰的湖面。刚刚，失败被夸大。刚刚，对于理想的状态，他参考的是闪电。刚刚，它四不像。刚刚，这条法则同样适用于植物。刚刚，乌龙没有目的。刚刚，美女依然是有效的。刚刚，通过计算，他认为三天内不要吃蒜，生活会更好。刚刚，侏儒的灵魂还在成长。刚刚，鼬很消极。刚刚，羽毛球到达抛物线的顶点。刚刚，国王将到访的消息传来，伯爵很激动，伯爵的仆人很激动，仆人总去买菜的杂货店老板很激动，给杂货店老板提供食材的供应商很激动，供应商的老婆们很激动，供应商老婆们的闺蜜也很激动，接近权力的喜悦像涟漪一样不断向四周扩散。刚刚，水兵登陆去岸边的酒馆喝酒。刚刚，古老的仪式在不同的时代延续。刚刚，他从母亲那里得到的爱，足够他传递给一只陌生的猫。刚刚，他意识到，相对于"我"，"我们"是建立在幻觉之上的幻觉。刚刚，也许你只是语言的容器，而且是从来都不好用的那只。刚刚，谁不是一闪，就不见了。

120

　　刚刚，真正重要的东西，被归入"其他"这个没有人仔细分辨的集合。刚刚，他说，捕猎海豹当然需要天赋，切土豆丝都需要天赋。刚刚，老手失手。刚刚，她不露齿地咀嚼一块带血丝的牛排。刚刚，他第一次使用电锯。刚刚，他走在街上，忽视99.9%的信息量，他只看见一点点，这一点点信息，让他没有发疯。刚刚，巴赫在照镜子。刚刚，抒情是一种必然。刚刚，倾听一只猫的呼吸声。刚刚，怀疑榴莲。刚刚，标准在更新。刚刚，测量一只鸟在飞行时它爪子的轻微抖动次数。刚刚，人们需要的只是一个漂亮的语言解释。刚刚，狐狸的说法在不断改变。刚刚，补偿在暗中进行。刚刚，夸克这个词的创造先于这种物质的发现，又晚于它的存在。而我要说，这种情况非常普遍。刚刚，他发现一个元老词，它很古老，但并不是第一个词，也不太可能是第二个词。刚刚，他对天色的观察，十分草率。刚刚，它还在老地方，没有肉眼可见的变动。刚刚，他向一棵树报告今天自己的老板有多么沮丧。刚刚，你能够意识到的，都不算真正的丢失。刚刚，龙依然不愿意现身。刚刚，他处在一个过渡阶段。刚刚，整个人类依然是同一部还在写的小说，每一个活着的人都在这场当下的叙述中。

121

刚刚，他说白痴，是拒绝和语言发生任何关系的人。刚刚，它还未被精确命名。刚刚，烟气充满整间喧哗的屋子。刚刚，一架梯子坏了，它不再竖着，而是长长地横着。刚刚，寻找一片任何时候摸它都会变色的叶子。刚刚，打捞一辆冲入河中的汽车。刚刚，他发现一个微妙的停顿。刚刚，鸟不语。刚刚，猿打破沉默。刚刚，一个颧骨有点高的女人推开肯德基的门。刚刚，追溯一瓶红酒的来源。刚刚，一个词去失它的原意。刚刚，他找到一个让人购买这顶难看帽子的理由。刚刚，寂静是唯一让她恐惧的声音。刚刚，他意识到，尸体只是死亡的衍生词，如果没有死亡，就不会有尸体。刚刚，灰烬的细腻被一个小女孩感知。刚刚，他拥有一只在进化链条上高于人的猫。刚刚，他作为一种渠道，被它或它们通过。刚刚，返回混沌。刚刚，接受在任何语境转换中都会残留的那一丁点意义。刚刚，重新说。刚刚，骡子依然是一种隐忍的动物。刚刚，说出来的都具有舒服的语感。刚刚，控制一扇窗户打开的角度。刚刚，万物的本质在于各自独特的形式。刚刚，白色中的无辜，只被一部分人感受。刚刚，真正重要的是，还有一部分人，已经从意义的束缚中觉醒。

122

　　刚刚，这个星球上的居民不止大白天还迷路的蚂蚁。刚刚，死亡还是解决拥挤最好的方式。刚刚，马只是暂时喘不上来气。刚刚，窗外的风声有所缓和。刚刚，好的知识依然可口。刚刚，人类仿佛永远无法放弃判断。刚刚，一个女人正在哺乳期。刚刚，他拖长"啊"字的发音。刚刚，触摸一颗温驯的原子。刚刚，截和。刚刚，反杀。刚刚，兔子的繁殖力惊人。刚刚，句子也是一种果实，默念是一种品尝，朗诵是另一种。刚刚，谁都可以看出来，他在努力克制。刚刚，避免与人交谈时打哈欠。刚刚，只好绕行。刚刚，虎害是那个地区唯一的问题。刚刚，讨论总是跑题。刚刚，故事正在转折。刚刚，强调一只猫的好脾气，和强调它的孤僻，并不冲突。刚刚，你说了这么多，能不能一句话总结一下。刚刚，他并没有认识到自己真正的错误，他认识到的，是自己想象出来的错误。刚刚，咬一口树莓面包。刚刚，检查一下门窗是否关好。刚刚，关掉客厅里的大灯。刚刚，句子并不揭示事实，而是创造与事实平行的幻觉。刚刚，回到昨天下午，它依然是一只烂而老派的白鹭。

刚刚，快速看一眼肚脐。刚刚，内向的蜘蛛在天黑后听到好的鼓励。刚刚，把自己对万物的感受语言化是人的本能。刚刚，他驱使弟弟去厨房拿一只冰冻酸奶。刚刚，他手里拎着东西走向停在路边的汽车。刚刚，清清嗓子。刚刚，他不想经历，任何一只他认识的猫的死亡。刚刚，他倾向于在雨天吃炖菜。刚刚，他经常失眠的朋友，发了一条朋友圈。刚刚，怀念大象。刚刚，他阅读得很缓慢。刚刚，他对和他说世界是什么的人，敬而远之。刚刚，降低对音乐的品位。刚刚，提高对一匹马的要求。刚刚，这个季节适合把手插在兜里散步。刚刚，一个女人缺乏对天气的敏感。刚刚，情况还不算太坏。刚刚，妈妈一个人全部都可以搞定。刚刚，他精心选择会印刷出来的每一个词语。刚刚，自然还是不好打交道。刚刚，发生了一些美妙的事。刚刚，他间接地听说。刚刚，灯下黑。刚刚，偶尔喝一点甜的。刚刚，只有没说出的，才是特别的。刚刚，一个人对着空气微笑。刚刚，他等了太久，雨中的公交车还是连影子都没有。刚刚，任何人说出的任何一句话，都将永远存在。刚刚，重新适应没有任何人理解自己这件事。刚刚，接受自己对自己的误解。

124

刚刚，他不了解任何一只乌鸦的习性。刚刚，对优雅的老人让步。刚刚，拉长一根橡皮筋。刚刚，其中最细小的点，他都记住了。刚刚，对于冬泳，他还是一个新手。刚刚，熟练地眯眼看一个远去的女人。刚刚，寒流再次登上熟悉的岛屿。刚刚，闭门造车主要是一门艺术。刚刚，慢慢消化一个坏消息。刚刚，喝芹菜汁无敌。刚刚，她低估了一只猫的等待能力。刚刚，桌上剩余一些苹果皮。刚刚，留给他的篇幅只够写一首短诗。刚刚，他的英语发音像伦敦郊区的农民一样准确。刚刚，祈祷落空。刚刚，扔掉一些干燥的旧衣服。刚刚，盲摸一张麻将。刚刚，他到了要跟一个老大的年纪。刚刚，每一枚词语的碎片都折射着语言之光。刚刚，练习像一只麻雀一样在阳光下蹦跳。刚刚，事实在语言中的占比过低。刚刚，大家分头去准备同一件事情需要的不同东西。刚刚，他故意落后这个时代。刚刚，在路灯下的大雪中低头行走。刚刚，抓住爷爷的衣角。刚刚，致敬小东西。刚刚，敲打一只空荡的白碗。刚刚，把握乱象背后的规律。刚刚，专门去道歉。刚刚，他放弃与一只鹦鹉的友谊。刚刚，擅于隐藏困难的女人，正在若无其事地朝家走去。

125

刚刚，进攻还没有开始。刚刚，深思需要机缘。刚刚，他换了一种说法。刚刚，马只遵循基本的语法。刚刚，随时想撤退。刚刚，不仅会奔跑，还会飞的动物，太少。刚刚，数不清的飞蛾扑火。刚刚，反过来想，会更好受一些。刚刚，它没有同类。刚刚，他几口吃掉一个蛋糕。刚刚，纸团扔得到处都是。刚刚，潦草地洗一下手。刚刚，他在风里缩着脖子走。刚刚，只有貂活在当下。刚刚，世界上出现大量的浪费。刚刚，更糟糕的事即将发生。刚刚，老虎改变步态。刚刚，鸳鸟保持必要的悲观。刚刚，左右完全对称。刚刚，他说，任何时候，都不要质疑蚂蚁的格局。刚刚，他们在低处相逢，其中一人还嫌不够低。刚刚，鲸鱼感到很吃惊。刚刚，有利的就不说了，有害的才是关键。刚刚，大象仅靠想象，就达到高潮。刚刚，原因很复杂，结果很简单。刚刚，这个词的意义超出一个时代的理解能力。刚刚，通俗地说，就是胡说。刚刚，猕猴不在任何一列正在行驶的火车上。刚刚，靠近一只不苟言笑的山魈。刚刚，冒尖。刚刚，败露。刚刚，金句彻底瓦解一首诗。刚刚，大众是天才的衬托。刚刚，再也没有回旋的余地。刚刚，直接出局。

126

刚刚，雨声在后半夜听起来，依然可靠。刚刚，还不到总结的时候。刚刚，特别短。刚刚，翻越栏杆。刚刚，蹲在尽头处的猫，还很年轻。刚刚，鸟说的，还是要听，毕竟它几乎从不说。刚刚，鬼，并不常见。刚刚，消耗一些多余的冷漠。刚刚，没有什么事，能瞒过一朵下午正在开放的雏菊。刚刚，一个词所代表的意义正在变化。刚刚，写卜米的，都是相关的。

刚刚，很轻。刚刚，太波折。刚刚，尤其快。刚刚，话说回来。刚刚，老虎没有来得及长出哪怕一根羽毛。刚刚，猪确实丑。刚刚，对一条鳄鱼的议论，都是诽谤。刚刚，许多不值一提的，已累积到需要捻开的地步。刚刚，一个人身上不同的部分，有不同的诉求。刚刚，万物都需要修订。刚刚，即便是完美的物，也需要修订，它需要一点瑕疵。刚刚，正在发生一系列连锁反应。刚刚，感谢一条蜈蚣的启发。刚刚，大象从不需要辩解。刚刚，正确是次要的，重要的是错误。刚刚，默认。刚刚，找出一个词语的剩余价值。刚刚，你差点没有认出他来。刚刚，推翻一首诗，让我们重来。刚刚，写作的坏处，太多了，几乎和它的好处一样多。

127

刚刚，等待天亮，同时咬指甲。刚刚，想念张飞的那一声断喝。刚刚，鸟还远未被写尽。刚刚，思绪万千。刚刚，比数学公式还晦涩的依然存在。刚刚，简单地说，狼还蒙在鼓里。刚刚，还没有说清楚的，需要重说。刚刚，远去的，只是暂时没有提到的。刚刚，用手转一支笔。刚刚，狐狸没有错。刚刚，懒散在态度上，是一种大面积的蓝色。刚刚，马不需要对过桥费负责。刚刚，保龄球在看不见的地方滚动。刚刚，她单纯地弯腰。刚刚，虚无更像一种没有人见过的植物。刚刚，蚂蚁前进的方向与夜晚河流的走势相反。刚刚，与一只跛脚的野猫在十字路口分别。刚刚，接到外卖小哥的电话。刚刚，门铃声突然响起。刚刚，拔掉暖壶的塞，倒一杯热水。刚刚，他说话很有煽动性。刚刚，朝肉体软弱的方向进化。刚刚，躲避一个聒噪女人的追问。刚刚，错过一列准点启动的火车。刚刚，法语中缺少一个关键词。刚刚，手洗一双袜子。刚刚，和一匹白马并肩站在高处。刚刚，在走向一辆车的途中，按下解锁车门的钥匙，啪的一声。刚刚，了解一朵花的前瞻性。刚刚，在湄公河上漂流。刚刚，改进面对一场大雪的反应。刚刚，晚年的甘地从楼梯上走下来。

刚刚，图书在打折。刚刚，蝙蝠从来不是送信的最佳选择。刚刚，狐猴恍惚。刚刚，超越一辆新手上路的车。刚刚，等红灯的时候，看见左边并排的那辆车副驾驶座位上的女人睡着了。刚刚，翻译中丢失一种严肃的幽默。刚刚，男人看中一双鞋，但是没有他的鞋码。刚刚，斑马正在学习填表格。刚刚，老大说，脸就是一个人的logo。刚刚，看似散漫的一切，都经过巧妙的部署。刚刚，话到嘴边，还是忍住。刚刚，敏猿打盹。刚刚，界限模糊。刚刚，鞋匠在给小儿子做一双独一无二的鞋。刚刚，爵士坐在沙发上。刚刚，修尾鸟在修理尾巴。刚刚，她在乱翻衣柜。刚刚，胡狼端庄。刚刚，船在起锚。刚刚，生吃海胆。刚刚，介词被滥用。刚刚，喜欢从后面看女人屁股的男人放缓脚步，让女人走到他的前面去。刚刚，猩猩在回忆去年秋天的往事。刚刚，海狸窃喜。刚刚，他在取舍。刚刚，工蜂崩溃。刚刚，大脑在分泌一种物质。刚刚，他在练习如何正确地用腹部呼吸。刚刚，他背着熟睡的弟弟从堤坝上走下来。刚刚，挖掘一块肥皂中的象征性。刚刚，抬头看见一个高高的鸟巢。刚刚，他感到一种愉快的痛楚。刚刚，烦恼在闭上眼睛的一瞬间消失。

129

　　刚刚，他们处于追逐中。刚刚，他写出一句接近废话的诗，他很激动。刚刚，女人厌倦了每天都要坐地铁。刚刚，它竖着。刚刚，在阳光下正大光明地靠近一只野象。刚刚，汽车退出一段岔路。刚刚，一匹马的脾气突然变坏。刚刚，目睹当街接吻。刚刚，他正在欺负一个比自己高大的男人。刚刚，男孩骚扰一只正在骚扰牛的苍蝇。刚刚，长臂猿背着手走过一家路边的便利店。刚刚，狒狒正在抚养一只猫。刚刚，他剩下的时光不多了。刚刚，还没有写完作业的弟弟在睡午觉。刚刚，重提一个上次没有结论的话题。刚刚，他用阿拉伯语开了一个玩笑。刚刚，臆羚上当。刚刚，一群野鸭逆着风爬上岸。刚刚，他在雨天喝着咖啡，酝酿自己的墓志铭。刚刚，集中力量办大事。刚刚，他盯着不远处的一个地方。刚刚，兔子按捺住好奇。刚刚，他来到人生中的一个新阶段。刚刚，他想起那个喜欢吃土豆的弟弟。刚刚，他已习惯更频繁地眨眼。刚刚，为一只猫清洗耳朵。刚刚，一个女人始终没有学会开车。刚刚，煮烫一只奶瓶。刚刚，单方面和睡着的婴儿握手。

130

刚刚，注意力涣散。刚刚，陪上进的女人挑选一只手表。刚刚，对着虚空说话，和对着神说话是两码事。刚刚，有定力的苍蝇总在最后时刻逃脱苍蝇拍。刚刚，一个短句的信息量超过一个长句。刚刚，他已习惯从左到右，从上到下，逐行阅读一本书。刚刚，反对无效。刚刚，他精心设计产品与用户之间的每一个接触点。刚刚，不断地在自己身上发现陌生。刚刚，故意说气话。刚刚，爷爷在院子里小便后咳嗽着接近月光下的马厩。刚刚，天黑后他和一起出门散步的弟弟原路返回。刚刚，与故人重逢，在异乡傍晚的海边。刚刚，只有妈妈知道去哪里买那种好吃而又便宜的带鱼。刚刚，他在回忆一头鲸鱼的想象力。刚刚，父亲喝醉回来的时候，后面跟着一只邻居家的猫。刚刚，她在南方。刚刚，奶奶在做饭，厨房的门敞开着。刚刚，一条大鱼跳出海面。刚刚，他撞到玻璃上。刚刚，请重复一段来自亲戚的忠告。刚刚，一个女人不舒服，去床上躺着了。刚刚，威斯特若普先生告诉达尔文："我在维也纳的动物园里观察到一只熊，它从笼屋的栅栏里伸出手掌，有意地，乃至用心地把栅外水池中的水搅出一个漩涡，好让浮在水面的一块面包可以移动到它所能抓得到的距离之内。"

131

刚刚，大象举起鼻子对着一个它喜欢的女人吹气。刚刚，周围很黑。刚刚，一只鸟衔回掉落在地上的面包渣。刚刚，鹧鸪落在废弃的路边电话亭上。刚刚，他身上的坏毛病还在。刚刚，他尝试捕捉一个恰到好处的词语。刚刚，放松警惕。刚刚，耗子是一个比老鼠更粗鲁的词。刚刚，淘汰一只无辜的牙刷。刚刚，他站起来，方便服务员撑开遮阳伞。刚刚，否定一个词中溢出的优越感。刚刚，弯腰用手去够自己的脚尖。刚刚，敲开一只椰子。刚刚，小孩子在楼上跑动。刚刚，钻进雨中的出租车。刚刚，马从未拥有过书籍。刚刚，走夜路的男人，肚子发出咕噜的饥饿声。刚刚，你在哪里。刚刚，小女孩打开窗户，邀请一只松鼠的行为，宣告失败。刚刚，他只会数到7，7后面的世界，与他无关。刚刚，他煎煳一条鱼。刚刚，妈妈打电话说昨晚梦见了他。刚刚，说得好并没有什么值得骄傲的，说得准确也没有。刚刚，保持叙述上的短促。刚刚，把躺在床上背对着门的弟弟叫醒。刚刚，尽量理解为什么不能每天吃肉这件事。刚刚，听见主人的脚步声，狗摇起尾巴。刚刚，姐姐把门从里面关上，她要试一条亲戚送给她的裙子。刚刚，父亲说出一个猫能理解的短句。

132

刚刚，虎啸山林。刚刚，他突然发现，他下属的口头禅和他是一样的，而他的口头禅是和他以前的老板学的。刚刚，演算还在进行。刚刚，来自内心的疑问还未停歇。刚刚，他们之间并没有不可逾越的东西。刚刚，相对于狼在汉语中的发音，他更喜欢猫。刚刚，他问，外面是什么声音？另一个人想了一会儿，说，应该是某种小动物。这时，第三个人满脸震惊，他说，你们两个傻逼，那是青蛙在叫。刚刚，我们在使用一个词的引申义。刚刚，一根蚂蚁的触须在晚风中颤抖。刚刚，禁止在公共场合喧哗。刚刚，他在思考说话和写作的分别。刚刚，夜莺的歌声从黑暗的树上传来。刚刚，行驶中冒着烟的火车更像一列弟弟想象中的火车。刚刚，追溯一个汉字在不同时空的写法。刚刚，重叠。刚刚，在需要沉默的时候，咳嗽都是多余的。刚刚，一个词的死去无声无息。刚刚，夜航。刚刚，让猫去干一件它无能为力的事情，比如打开冰箱拿一罐可乐过来。猫默默地看着你，你的命令没有得到执行，但是它依然是一条愉快的命令，尤其是在夏天的傍晚。刚刚，海浪的形状从不固定。刚刚，从外面散步归来的爷爷，背着的手里拿着一只略显陈旧的口琴。

133

刚刚，晚饭的中途，他稍微起身去够放在桌上的抽纸。刚刚，事实是明摆着的，但是不说出来，就还差最后一步。刚刚，豹妖娆。刚刚，没有人想过和一只鸟去扳手腕。刚刚，弟弟有什么事在瞒着妈妈。刚刚，一只静止的弹子球反射着下午的阳光。刚刚，父亲出门了。刚刚，迎来夏季最热的一天。刚刚，冬至。刚刚，微风吹动。刚刚，偶尔，狗吠。刚刚，顺从幼稚的欲望。刚刚，畏惧蛇这种动物以及意象。刚刚，后退一步。刚刚，在傍晚发生一次无法言说的别离。刚刚，猫的行为让迟钝的弟弟都感到奇怪。刚刚，马对离开那棵树下的态度暧昧。刚刚，还有什么要补充的。刚刚，猿与鹤都在远处。刚刚，豺在更远处。刚刚，一架飞机还没有起飞，有人在绕着飞机做例行检查。刚刚，他发现一个避雨的好地方。刚刚，獾在一种漫长而又无止尽的反省中。刚刚，一只凤凰降落在天边，它回过头来，整个世界都在它的后面。刚刚，一种思潮处于停滞。刚刚，另一种思潮也发展迟缓。刚刚，尽量控制一个句子中的有趣。刚刚，对一只河马的下意识选择提出异议。刚刚，一个女孩在弹钢琴，猫就趴在琴盖上，汹涌的夜色止于紧闭的窗外。

134

刚刚，贬低变声期的弟弟。刚刚，把对一个词的不满发泄在另一个词的身上。刚刚，张冠李戴。刚刚，他在面对一只橙鸟时，突然失语。刚刚，一个女人提着水桶走向天蒙蒙亮的恒河边。刚刚，他尝试消灭残留在句子中的故事感。刚刚，金丝雀没有忍住，用嘴敲了一下人世的窗户。刚刚，会轻功的师傅走过广阔的沼泽。刚刚，自觉。刚刚，他遇见一个只会念不会写的字。刚刚，那匹马超出我的思考。刚刚，练习从喜鹊的视角观察一个下午的风吹草动。刚刚，他喉舌的生理结构让他永远发不出那个音。刚刚，想起一棵长在埃塞俄比亚地平线上的树。刚刚，一个名词不再发光，需要擦一擦。刚刚，尝试就维特根斯坦晚年的语言观与一只猫做友好交流。刚刚，从两个老词的缝隙中听见风声。刚刚，弟弟是一个揭示文化秩序的词。刚刚，他认为"雾霾"的命名是错误的，应该命名为"霾毒"，这样，即使大家不知道霾这个字怎么念，至少知道它是一种毒。刚刚，他无法说得太详细。刚刚，事后证明母亲的考虑总是对的。刚刚，一只蜜蜂想去一个没有任何一朵花的世界。刚刚，隔着咖啡馆的窗户看马路对面的一只野猫，行人稀疏。

135

刚刚，谁的内心不是一片荒野。刚刚，颠覆对一个褒义词的印象，某些情况下，它也可以是一个贬义词。刚刚，她才知道，穴鸟是一种鸟的名字。刚刚，往事可以略过不提。刚刚，一个好的狐狸猎手，也是一个坏的野牛猎手。刚刚，追踪一种动物的气味。刚刚，面色苍白的弟弟正在为冬泳的女孩放哨。刚刚，父亲提前发现危险。刚刚，他在教一只灰猴剥橘子。刚刚，拨开一片荆棘。刚刚，翻转一块岩石。刚刚，搜寻一个中性词。刚刚，牡马的脑子里没有离家出走的概念。刚刚，词语不懂得呼救。刚刚，抚慰一头中暑的大象。刚刚，老鹰进酒吧的机会太少。刚刚，他老而肥胖。刚刚，上帝啊，我们都还活着。刚刚，追随边走路边抽烟的父亲。刚刚，他遵守午睡的规定，不睡的人要出去。刚刚，一朵兰花枯萎得太早。刚刚，鸟对任何荣誉都不感兴趣。刚刚，他发现两个毫不相干的词语之间可能有一种隐秘的联系。刚刚，妈妈吃完午饭就戴着帽子去田里了。刚刚，隔壁的邻居扛着锄头从他家门前走过。刚刚，一只迁徙中的鸟，因为厌倦飞行，只好步行，我遇见它的时候，它行程还未过半。刚刚，马在烈日下打喷嚏。刚刚，牛在阴影中怀旧。

136

刚刚，龙的方位感太差。刚刚，隔空击掌。刚刚，妈妈在午后轻拍孙女睡觉。刚刚，他只爱一个词的原意。刚刚，杀死雄峰并不能挽救群山的塌缩。刚刚，有一种真正深刻的感情未被命名。刚刚，不再赘述。刚刚，一支枪哑火。刚刚，对一件事的结果下断言。刚刚，父亲晚归，妈妈站在门口张望。刚刚，一只候鸟内心的波动剧烈。刚刚，放暑假的弟弟坐在岸边钓鲑鱼，他对这个下午的风向毫不关心。刚刚，犹豫者在抽烟，通过烟头的数量可以大致推测出他犹豫的时长。刚刚，对别人的意见他都很抵触。刚刚，燕子在没有任何必要的情况下斜飞，那更像是一种炫技。刚刚，一个句子中的惯性永远是被自觉的写作者怀疑的对象。刚刚，他翻了很多书，发现对"人是什么"的定义，大家并没有达成共识。刚刚，家里的狗永远是跟着父亲，至于猫，则总是离父亲很远，它最喜欢的，我猜测不是妈妈，就是弟弟。刚刚，孤独是一种必然，对于任何头脑里有这个概念的动物都是。刚刚，我认为，骆驼不喜欢红绿灯，是可以理解的。刚刚，如是我闻。刚刚，独狼在一片广袤的大陆上游荡，月光照在它身上的时候，它的尾巴正好向下。

137

刚刚，他已经习惯从一个有关猫的句子开始叙述。刚刚，这个夏天，弟弟受到了太多的责备。刚刚，爷爷在抽烟，狗凑到他的旁边，如果仅一次，这无法证明狗喜欢烟的味道，而事实是，这只是最近的一次，在这之前，同样的场景，已发生过许多次。刚刚，秋游的路线已经公布，全程沿着一条大河的河边。弟弟说，会遇见很多在河边钓鱼的人，其中可能还有我们的亲戚。刚刚，在这个家里，妈妈依然是唯一的裁决者。刚刚，为转移狗的视线，姐姐扔了一块橘子皮到窗外，狗转身从敞开的门穿出去，过一会儿，又回到屋中，仰头看着姐姐，一整个橘子已迅速被我，姐姐和弟弟合力吃完。刚刚，吃晚饭的时候，父亲的话不多，其实任何时候，父亲的话都不多。吃午饭的时候，父亲的话不多。吃早饭的时候，父亲的话不多。带着弟弟去山上采蘑菇，父亲的话不多。上屋顶修房子，父亲的话不多。去参加村子里的婚礼，父亲的话不多。秋收割稻子，父亲的话不多。和人打牌，父亲的话不多。晚饭后出门散步，遇见任何人，父亲的话都不多。即使是喝醉后，父亲也是一个寡言的醉鬼，这无论在我们村子，还是附近的村子，都很平常。

第三章

虎

138

　　刚刚，虎在打太极。虎没事就打太极。虎几乎只会打太极。虎不会咏春，不会铁砂掌，不会北冥神功。虎没有什么特别的爱好，虎不被文化束缚，虎对任何名牌都不感冒，也不参加任何有特定意义的仪式。虎不知道父母是谁，也没有朋友。虎出现的地方，其他动物都躲得远远的，人，更是难以见到。阳光出来的时候，虎就走到阳光下站着，一直站到阳光最好的时候，稍微不那么好，虎就开始四处走动。下雨时，虎就站在雨中。下雪时，虎就站在雪中。但并不绝对，有时虎也会在雨中奔跑，或在雪中打滚。月光出来的时候，虎就尽量躲在黑暗中。虎并不是讨厌月光，虎只是不喜欢站在月光中的自己。虎打太极时，风吹着虎全身的毛发，虎感到很舒服。过了一会儿，风小了。虎打太极的速度也越来越慢。虎打太极时，不太想其他的事情。虎更喜欢放空，当然，有时虎也在慢中，体会时间对于虎到底意味着什么。虎对快从来没有追求，反倒是对慢，有自己的理解。虎认为慢是对时间的错觉，一种比快，更好的错觉。虎的太极并不是跟人学的，也不是跟神仙或外星人学的，虎自悟。虎有太多独处的时间，虎又不喜欢哲学，对文学更是不屑一顾，虎对诗保有一定的尊重，但是也并不过分。

139

　　刚刚，虎转身进入森林。虎喜欢在森林中踩着腐败的落叶前行，那几乎是虎唯一迷恋的味道。虎每次打完太极，都会在走路中回味，自己打太极的时候，到底发生了什么，虎不想真实的行为被太极这个概念所遮蔽，虎打太极时，主要是缓慢地在做一些动作，这些动作当然是在空气中进行的，但虎已经最大限度地避免打扰到空气的正常流动。虎打太极时，不仅动作变慢，呼吸也会变慢，甚至虎会觉得天地间的万物都随之变慢，包括那些在虎视线范围外的动物。比如狐狸。虎对狐狸有一些了解，虽然只远远地看过几眼，但虎大致知道，那就是狐狸的真身。而对于狐狸的象征意义，虎也略知一二。虎认为狐狸只是狡猾，甚至有点聪明，但离智慧还很遥远。虎一直在等待狐狸来和自己打招呼，虎等了很多年，狐狸一直没有来。虎隐约能够感觉到，在现实中，狐狸缺乏面对虎的勇气。这不怪狐狸，在当下，这是一种普遍的缺乏。虎虽然嘴上不说，心里也不想，但这还是在客观上造成了虎的孤独。虎终究只能面对自己。虎曾经认为，虎本质上只是一个字，一个被赋予了某种权威意义的字，而虎的肉身并不可怕。虎的肉身应该也有过一段与其他动物交叉走动的时光，只是虎对于虎的肉身，并不完全了解。

140

刚刚，虎在眺望。虎特别喜欢眺望，有时虎都很难分清在眺望与打太极之间，自己的最爱是什么。虎喜欢站在高处眺望。这并不能保证虎看见更多新鲜的东西，只能保证虎更好地体会到空间的纵深感。虎一生亲眼看见的事物有限，这也和虎不愿意离开习惯的地方有关。虎对这个世界的认识，主要来源于语言。虎在语言中，认识到世界的复杂。虎认识到世界的边界随着语言的膨胀而扩大，虎也认真考虑过世界上没有的那些东西，是怎样通过语言的召唤而来到这个世界上的。虎对世上大部分事物的认识，都停留在语言层面。更准确地说，是停留在概念以及故事层面。虎知道万物，并不是通过阅读，也不是通过行万里路，而是虎就是知道。虎知道世界上有汽车这种东西，虎对汽车评价很高，虎曾经设想过，自己开着一辆性能良好的跑车在午夜无人的公路上飙车，那是虎也向往的速度。在这个有风的下午，眺望的虎，还想到张三丰。虎对张三丰的了解，止于书面。虎其实很想和真实的张三丰切磋一下，虎知道这是一个不切实际的想法。但虎认为无妨，毕竟想法并不消耗现实资源。虎认为张三丰的太极不仅是一种拳法，还是一种哲学。与虎的太极，不仅有时空之隔，也有理念之别。而虎对两种太极的理解，都一直在加深。

141

　　刚刚，虎在思考山下的世界。最近虎的脑子里冒出很多新词，比如区块链。虎知道，世界最新的变化，都会通过语言的方式，来到虎的脑中。虎对区块链保持着一种谨慎的态度。虽然它对权力的瓦解，有着逻辑上的巨大杀伤力。但是虎对权力的印象，一直根深蒂固。虎知道，权力的游戏，从自己知道这个词语开始，就从来没有改变过。虎对新词，都没有太大的兴趣。至少是，最初的一年。虎要等到一个词没有那么新的时候，才会对它产生兴趣。虎骨子里，是一个老派的动物。虎正在思考的其实是更迭。虎的头脑中不仅会冒出一些新词，虎有时还会忘记一些老词，有一些老词虎觉得偶尔还能想起来，另外一些老词，虎忘得一干二净。虎对它们没有任何印象，但是虎的内心总有一种失去了什么的感觉，虎很惆怅。虎知道，那代表着，一些意义的式微或彻底消失。让虎感到欣慰的是，一些自己特别喜欢的词或字，虎知道的，关于它们的句子或故事还在持续地增加，比如猫。虎觉得猫是一种不可思议的动物。

虎觉得，猫就是逃离了意义的自己，为了完成对虎所代表的权威意义的彻底逃离，猫改变了名字，肉身，经历和故事。但伤感的是，猫又不可避免地产生了新的意义。不过还好，虎对新的意义，至今保持着好感。

142

刚刚，虎从高处走下来，走到相对低一点的地方。虎今天的眺望已经结束，而虎今天的太极还没有开始，虎一点都不急。虎喜欢在打太极之前，处于一种无所事事的状态。虎不喜欢太快地进入太极的语境中，虎喜欢在太极的语境外多待一会儿。虎此刻的脑子里，并没有出现太极这个词语。虎只是从高处走到了低处，虎感觉低处的风比高处，稍微小了一点。虎一直对风，比较敏感。风一点细微的变化，虎都能够感觉到。虎喜欢风。风是看不见的，虎可以听见风声，但是虎看不见风。虎只能通过那些被风吹动的事物，来间接地感受风。虎喜欢风吹在自己身上的感觉，虎也喜欢看风吹动树梢或者风吹弯小草，还有风吹着云移动，和风吹斜雨。虎觉得风和时间有点类似。时间也是看不见的东西，虎知道人是通过手表之类的东西记录时间，而虎对时间的感受，没有那么精确，虎没有手机或手表，虎只能通过周围环境的变化，天黑，天亮，花开，叶落，下雪，解冻，以及发生在自身上的变化，来感受时间的流动。虎此刻在想什么，这是一个问题。虎的脑海中有一整个语言的世界。而虎没有想到太极。虎处于太极的语境之外。虎站在低处吹着风，这就是我们对虎的直观。

143

　　刚刚，虎的脑海中出现了太极这个词。其实太极这个词一直在虎的脑海中，只不过它隐身在万词之中，只有虎正在想到的那个词语，才会被虎的意识照亮，从万词之中脱颖而出。虎想到太极这个词，就意味着，虎今天的太极已经悄悄开始了。虎正式进入太极的语境。虎已被太极这个词语以及它散发出的意义完全笼罩。虎站在低处，感受着吹过自己身上的风。这种感受已经不再单纯，而是太极语境下一种对风的感受。虎觉得今天的风，特别适合打太极。虎又深吸进去一口今天的空气，虎觉得今天的空气，对于打太极，也属于最好的那种。虎在打太极之前，会闭着眼睛将周围的环境感受一遍，感受完之后，虎会以自己站的地方为圆心，将看不见的更广大的世界也感受一遍。虎仿佛感受到了一千座山上都正在飞着鸟，一万条小路上都正在走着人，上百万扇窗户正在被推开，上千万扇门正在被关上。红尘滚滚，熙熙攘攘。虎的感受当然不止于此，虎还感受到地球的渺小，太阳粒子的喷射以及整个银河系的旋转，还有宇宙不断在膨胀，黑洞越来越多，漫天的星辰都正在离我们远去，一切都在烟消云散的路上。虎在精神层面（语言层面）感受到这一切。虎觉得差不多了。虎缓缓吐出一口气。虎的太极即将正式开始。

144

刚刚，一阵风吹在虎的身上。虎感受着这阵风。虎觉得很舒服。但是虎并没有多想。虎觉得这阵风，只是万千阵风中的一阵，并不特别。这阵风过去，还会有另一阵风过来。对于虎来说，两阵风之间虽然会有体感上的不同，但是它们都是风，或者说，它们都是风的一部分。风同时在世界上不同的大街小巷里刮着，风刮过山顶，平原，海面，峡谷，风还刮掉一个漂亮女人的帽子。虎对风的无常，有深刻认知。虎在等待这阵风过去，可是这阵风持续吹着这天下午的虎。随着时间的流逝，虎觉得，这阵风好像和其他阵风有些不同。虎想了想，决定给这阵风起个名字。虎知道一个具体的命名，可以让一阵风从风这个概念中获得独立的生命。虎想了一会儿，决定叫这阵风"小西北"。虎还不知道，从此以后，虎就爱上了命名。虎将为身边的很多事物命名，虎会单独为它总能看见的那个树梢命名。虎会为它总站着打太极的那个位置命名。虎命名了这阵风，虎就对它产生了感情。小西北在虎的周围待了很久，但小西北最后还是走了。虎在心里轻轻地说了一声，小西北，再见。虎已经在吹着另一阵风了，虎望着小西北远去的方向，看见小西北吹动远处的树梢。在虎看来，那不仅是树梢晃动，还是小西北在对虎招手告别。

刚刚，虎站在低处。虎站在风中。虎怀念小西北。虎觉得小西北应该没有走远，可能就在附近转悠，但虎知道今天吹过自己的这些风，都不是小西北。虎觉得今天的风，即使是最长的那一阵，也太短暂。至少都没有小西北那么长或持续。虎站在短暂的风中。虎在想，小西北离开自己后，又经历了什么。虎很想再遇见它的时候，问问它。虎自己没有太多新的现实经历，小西北即使走了一年，再回来，虎也几乎没有什么新鲜的见闻讲给它听。虎知道的，都是发生在脑海中，语言层面的变化。自从小西北走了后，虎就把自己的日子，分成小西北来之前，小西北来时，和小西北走后。虎觉得小西北已经深刻参与进自己的生命。这时，虎理性的一面，在风中慢慢显现。虎突然发现，自从虎为一阵风命名为小西北后，这个命名就衍生出一系列丰富又新的语言感受。包括，虎对时空的认识，虎的怀念，虎对小西北去向的猜测，虎对小西北的等待。这只是一个命名在语言世界中引起的部分连锁反应。虎突然发现，语言世界的膨胀，就是无数类似的命名以及命名的衍生引起的。对于小西北在虎的心中以及整个语言世界中的出现，虎并不后悔。虎知道语言的虚构是层层叠叠的，虎知道自己其实是活在语言中的，整个世界都活在语言中。虎站在短暂的风中，看清了这一点。

146

刚刚，虎依然站在低处，虎依然站在风中。而实际上，虎回到了虎的里面。虎不在外面，虎把虎的肉身留在了外面，而虎回到了里面。虎觉得外面的世界没啥可看的，虎在外面低处的风中已经站了太久。虎并没有看到新鲜的东西。所以，虎决定回到虎的概念，以及虎的概念所属的语言世界中。虎在自己的脑海里徘徊，虎的脑海中是一片语言的森林。各种各样的词语、句子、符号交叉缠绕在一起，遮天蔽日。而虎在其中穿行。虎从句子中瞥到很多人活着的瞬间。一个人，他吃了一块面包，而他真正的体验，只能是语言层面的，他可以觉得面包好吃，也可以觉得难吃，也可以觉得面包柔软中带着一丝粗糙，但他对这块面包的任何体验，都只能首先在脑海里转换成语言，才能够被他感知。虎发现一个人的经历并不重要，一个人的经历转换成语言体验后，他的独特描述才重要。虎知道当两个人走进同一座电梯时，在他们的脑海中，其实发生着完全不同的语言描述。在语言的世界中，他们坐的，并不是同一座电梯。虎在语言的森林中穿行久了以后，难免对语言有一些自己的看法。虎喜欢那些能让它拥有全新语言体验的句子。虎不喜欢长句。虎不喜欢意义对词语的束缚。虎不喜欢句子中的惯性。虎不喜欢文化（文化是最大的语言惯性）。虎不喜欢的太多。

147

刚刚，天黑了。虎还站在低处。虎站在天黑后的低处。虎站在天黑后的风中。因为站得太久，虎的肉身有点僵硬，虎在里面，感受到了这一点。虎的肉身通过神经系统将生物信号转化成语言信号，传达给在内部语言森林中穿行的虎。虎知道后，就返回了虎的外面。虎开始在黑暗中的低处走动。虎感觉虎脚有点麻。虎走得很慢。虎走得并不快。虎记得天还没黑的时候，自己在低处。虎走了几圈以后，虎的视力也慢慢恢复。虎开始看得清楚。周围的环境对于虎，不再是一片黑暗，而是每样事物都在黑暗中显示出自己模糊的轮廓。虎站住，观察了一下，明确地知道，自己确实还在低处。虎都不用往天上看，就知道今晚的月光接近于无。虎说过，虎并不讨厌月光，但是虎也并不喜欢月光。如果有月光，虎就会躲在黑暗中不出来。虎知道这是一个不需要躲起来的夜晚。虎喜欢在没有月光的晚上走动。虎喜欢在没有月光的低处走动。虎喜欢低处，这并不妨碍虎也喜欢高处。虎对自己的包容性还是非常自得。虎现在不想去高处。虎只想在黑暗中的低处多待一会儿。虎在低处又走了一会儿，虎觉得自己已经完全来到了外面。虎回到了现实中。虎的现实中没有太多的内容。但因为天黑了，虎觉得现实也没有那么难以忍受。虎在黑暗中，感觉自己所处的现实，包裹着一层无法言说的光芒。

148

　　刚刚，散步这个词出现在虎的脑海中。虎从散步这个词语的出现，开始自己这个夜晚的散步。虎之前没有在散步，虎之前只是在走动。虎在低处走动。虎在黑暗中的低处走动。自从散步这个词语出现后，虎发现虽然是现实中同样的走动，但意义已完全不同。当虎知道自己在散步后，虎发现走动最多只是散步的形式，散步为走动赋予了丰富的意义。虎说过，不喜欢意义对词语的束缚。但虎又深深知道，每一个词语都在意义的束缚之中，这个世界上没有一个词语，是没有意义的。词语和意义，是一枚硬币的正反两面。你知道的任何一个词语，都是有意义的。你不知道的那些，也有意义。这是语言世界中一种普遍的束缚。虎知道这一点。虎就是不喜欢。不过，虎不喜欢的是这种难以抗拒的语言规定。具体到散步这个词，虎则不一样。虎喜欢散步这个词的形状，发音，以及它所携带的意义。虎不知道散步这个词是何时在语言中出现的。虎知道的是，肯定有一个时间点。在那之前，世界上没有一个散步的人。当有了散步这个词（概念）之后，世界上到处都有人在散步。也有了散步的虎。看上去，虎只是在走动，而实际上，虎是在散步。虎在黑暗中的低处散步。虎并不想到高处去散步。虎认为散步这种行为，特别适合低处。

149

刚刚，月光好像出来了。散步的虎突然停住，虎没有敢轻易抬头。虎环顾左右，发现周围的一切都更亮了一些。虎不敢相信。虎站在黑暗中的原地，等待一会儿，虎发现一个可怕的现象，那就是周围正在逐渐变亮。虎知道，今晚的散步已经结束了。明亮的月光即将笼罩这片区域。虎不喜欢在月光中散步。虎不喜欢在月光中走动。虎不喜欢在月光下站着。虎不喜欢月光。虎已经回忆不起来，虎对月光的偏见是何时产生的。在虎的印象里，这仿佛是一种天生的偏见。而虎又知道，对于一种偏见而言，它一定是后天的。它只能是一个人（或虎）可以熟练使用语言后，才会发生的事情。偏见首先是一个词，然后是一个词所衍生的一种语言现象。虎知道，这个世界上充满了偏见。虎对偏见这个词，有自己的理解。虎肯定不喜欢这个词中仿佛天然携带的贬义，虎认为偏见这个词中的贬义是在文化中逐渐形成的。虎认为偏见这个词在最开始，并没有什么贬义。它只是说，一个人的见是偏的。而仔细想，这个世界上任何一个人的见，都只能是偏的。只要是见，就是偏的。因为见，局限于见的器官，也就是眼睛。正见，只存在于逻辑推理中。世界是什么，世界是世界。这就是正见。一个词的完美解释，只能是它自身。可惜的是，这种正见没什么用，它并不会加深一个人对"世界是什么"的了解。所以，只有偏见是有价值的。这是虎的看法。

150

刚刚，月光还没有完全出来之前，虎就转身进入了森林。虎在现实的森林中穿行，虎在外面黑暗的森林中穿行。而虎的内心，正在对比着自己涉足过的内外两座森林。虎喜欢在外面的森林中穿行，虎也喜欢在内部的语言森林中穿行。虎穿行在外面，虎穿行在现实中，感受着现实中一座真实森林的寂静与动静。对于一座真实的森林而言，任何动静都是小动静。真正的主旋律是寂静。虎甚至觉得，现实中的森林，比语言森林，还要寂静。当虎穿行在语言森林中，虎的想象处于一种完全展开的状态。虎仿佛是神一样，可以同时听见隐藏在句子中的叫卖声，两个人对面相遇打招呼的声音，汽车驶过街道的声音，风吹过窗玻璃的颤动声，微波炉烤好后叮的一声，煎鸡蛋的声音，拉下卷帘门的声音，飞机从屋顶上飞过的声音，情侣的笑闹声，哭声。虎穿行在语言的森林中，它同时听见这个世界上的无数种声音，而且每一种声音都被虎从中分别听到了。而现实中的森林，唯有寂静。虎从未真正穿越过这片现实中的森林。虎每次只深入森林一点点。虎不喜欢在森林中走得太远。虎最喜欢的还是森林的边缘。虎喜欢有月光的时候，转身进入森林。没有月光的晚上或者白天的时候，转身走出森林，来到森林边缘的高处，或是低处。虎喜欢活在森林内外的那一条边界附近。虎有时在边界的一边，有时在边界的另一边。虎喜欢这种随意切换的自由。

刚刚，虎即使在森林中，也感受到了月光的明亮。虎觉得今晚的月光特别明亮，虎决定今晚要往森林的深处多走一会儿。虎觉得，森林的深处，或接近森林的深处，月光一定会更暗淡一些。那里的树更高大，枝叶更茂密，月光照下来的更少。这是虎的一种猜测。虎觉得自己的猜测，并不是完全没有道理。虎正在向森林的深处挺进。虎稍微加快步伐。现在虎的行为，看起来更像是一种黑暗中的小跑。虎听见自己的虎脚踩到地面落叶上的声音。虎在小跑中，感受到一种属于虎的特别的冲动。虎天生是一种善于奔跑的动物。虎又提速。虎跑得更快。虎现在的样子，比小跑更快，不过也可以看出来，虎离自己能够达到的极限速度，还很遥远。在森林中，虎知道，自己永远无法实现真正意义上的，淋漓尽致的奔跑。森林中的地形限制了虎，虎要考虑出现在面前的树，虎在奔跑中，要考虑如何躲避面前的这些树。尤其是晚上。虎实际上，已经达到夜晚穿过一片森林的最大速度。虎朝着月光更少的地方奔跑。虎还不想停下来。虎觉得这是一个适合在森林里奔跑的夜晚。虎直觉上比较确定，自己现在身处的地方，已经是自己从来没有来过的森林更深处。虎在奔跑中，感觉到一种陌生而又新鲜的气息。虎正在拓展自己在现实中的经历。虎正在跑出自己的舒适圈。虎的现实世界，随着它的奔跑，正在黑暗中逐渐扩大。

152

刚刚，虎停了下来。虎来到一个月光几乎照不到的森林深处。虎在黑暗中，平息自己的喘息。虎感觉自己跑了好远，虎从来没有跑过这么远。虎知道，自己还在森林中。虎感受着这一片陌生的森林。虎打开自己的感官，眼睛、鼻子、耳朵，身上的每一个毛孔全部在以自己的方式，吸收着这里的新信息。虎在消化这些陌生的信息。虎感觉自己将拥有一些新的语言感受。虎将用一些自己早已知道的词语，进行前所未有的排列组合，制造出一些拥有新意或者诗意的句子。相对于诗意，虎更在乎新意。虎将为语言世界做出自己的贡献。虎很清楚。虎并不着急。虎知道，自己将生物体验转化为语言体验所用的时间，要比一个普通人久一些。甚至可以说，要久很多。虎想了一会儿，虎觉得当自己转身原路返回，最后走出森林的那一刻，虎应该可以将此刻的陌生感受转化为清晰又新的句子。虎现在处于一种语言感受的混沌中。虎享受这一刻。虎知道，混沌是虎说出新的东西，必须要经历的过程。虎的肉身在陌生的森林深处，虎的意识在陌生的语言尽头。虎此时，已经完全忽略了月光。虎忘记了自己是因为要躲避月光才来到此处。虎以为自己是要说出新的东西，才来到此处。

153

刚刚，虎在往回跑。虎在黑暗的森林中返回。虎离开自己到达过的森林最深处。虎的脚步轻快。虎感觉自己比来时跑得要慢一些。虎并不着急回去。虎轻快地跑在回去的路上。虎轻快地跑在黑暗中。事实是，虎已经不是来时的那只虎。虎变了。虎的脑海里正在生成一些新的句子。虎正在调动词语。虎正在脑海里的万词之中搜寻。虎在返回的途中深知，自己已获得一些新的信息，只不过这些信息还停留在一只动物的生理层面，虎要将它们转化为语言。虎的肉身在真实的森林中跑动，虎的意识在语言的森林中穿行。虎同时，正在经历着，内外两种运动。虎的现实世界与虎的语言世界，仿佛平行时空。突然之间，虎的肉身跃入熟悉的黑暗之中。虎知道，自己又回到了曾经的舒适圈。虎很惆怅，因为返回，同时又很舒服，也是因为返回。虎对黑暗的周围，保有一份亲密的熟悉。虎知道隐藏在黑暗森林中熟悉的路径，虎无数次来到过这里。虎在现实中，已完全脱离黑暗森林中陌生的区域。虎跑在熟悉的黑暗中。虎也跑在月光逐渐的明亮中，只不过虎没有注意。虎的意识正在通过词语扫描虎的肉身。虎正在编织句子。虎逐渐慢下来，虎停止跑动，虎开始慢走。虎在慢走中，终于找到属于自己的语言体验。虎即将走出森林的边缘。虎即将说出新的东西。

154

刚刚，虎在森林的边缘停下。虎只差一步就将走出森林。虎没有迈出这一步。虎注意到了森林之外的月光。从森林边缘看出去，月光照耀着的低处，微微泛着一层暖黄色的光芒。

虎突然想起来，自己向森林深处跑去，就是为了躲避这月光。月光比虎离开的时候，亮了太多。虎觉得此刻，可能就是今晚月光最亮的时候。月光处于它的鼎盛时期。月光处于鼎盛的顶点。在虎的心里，从此刻开始，月光会逐渐暗下来。一直暗到，适合虎走出森林的地步。那时，整个低处，将重回黑暗的怀抱。虎知道自己，还要在森林中等待一会儿。虎趴下来。这个夜晚，虎跑了太多的路。虎突然感觉有点累。虎趴在森林边缘的一棵树下。虎不仅有点累，还有一点困。虎有一种感觉，那就是，它可能坚持不到今晚月光彻底暗淡下来的时候了。虎感觉眼皮越来越沉，虎对自己的睡眠质量一向有稳定的预期，虎属于轻易不睡，但是只要一睡，就会睡上很久的类型，按照人类的算法，估计在八小时以上。虎心算了一下，如果马上睡去，当虎醒来时，天早就亮了。虎有一点不甘心。虎很想等到月光完全暗下去，天也还没有开始亮的时候，那将是一段完全属于黑暗的时间，虎一步迈出森林，虎背对着整个森林，走到黑暗中的低处，走到虎平时打太极的那个位置。虎又回到黑暗中的低处。虎已变了。

刚刚，虎终于没有坚持住，趴在森林的边缘，沉沉睡去。这个夜晚对于虎来说，注定不凡。虎平时，是一种不爱做梦的动物。并不是说虎不做梦。而是说，在一个时间段里，比如一个月，虎做梦的次数要远远少于，虎不做梦的次数。虎对梦，并没有太多的研究。虎曾经做过的那些梦，基本在虎睁开眼睛之后，不到一根烟的工夫，虎就会完全忘掉。虎只会记得做了一个梦，至于梦的内容，则没有任何印象。虎知道在人类中，这是一种正常而又普遍的情况。有一些人，是能够记住梦的，即使过了很久，也会记得。还有一些人，就像虎一样，做完梦后，醒来马上就会忘掉。据说关于做梦的人，还有第三种类型，那就是他根本不知道自己做梦了，只是醒来的时候感到很累。这种人在梦中，就把梦忘记了。虎有时庆幸，自己不是这一种。虎醒来后，在还没有忘掉梦的短暂时间里，虎会琢磨一下梦中的内容。虎知道一会儿就会完全忘掉。但是虎还是忍不住在记得的时候，琢磨一会儿。虎在每次忘掉梦之后，都会有一种美妙的梦幻泡影之感。虎一直固执地认为，自己做的都是美梦。虎认为自己，与噩梦无缘。这个夜晚，虎睡去后，很快地，进入一个梦。一个虎化身为人的梦。虎沉浸在梦中，仿佛又度过了作为人的一生。那真是漫长的一生。

156

刚刚，虎还在梦中。虎的肉身趴在森林的边缘。虎的意识在梦中。虎在梦中化身为人。更准确地说，虎化身为一个诗人。这个诗人认为自己的天命，就是从语言世界中觉醒，然后逃离。诗人的上半生，主要是为觉醒做铺垫，诗人的下半生，刚过40，就觉醒了，然后思考如何逃离。诗人认为语言世界是一个不断在膨胀的世界，每个刹那都在膨胀，像宇宙一样。诗人认为，语言世界包含着现实世界，现实世界（即整个宇宙）只是语言世界中微不足道的一部分。当然，这只是诗人的个人看法。难免有偏激之处。诗人唯一好奇的就是，语言是怎样产生的，或者说，是否有一个语言的创造者。诗人推测，如果有外星人，那外星人肯定也有自己的语言。外星人可能科技比我们发达，但是本质上，依然是语言的囚徒。诗人认为，如果有上帝，那应该就是创造语言的那一位。随着诗人年龄的增加，诗人越来越觉得，语言本身可能就是上帝，语言不是谁创造的，语言创造了自身，并引诱人类说出了一切。偶然的机会，诗人读到一篇文章，叫《杨黎说诗》，非常激动。诗人认为杨黎是另一个语言世界的觉醒者。甚至诗人觉得，杨黎可能就是语言上帝在人类中的化身。诗人怀着激动的心情在网上尝试联系杨黎，诗人想去拜访杨黎。杨黎认为诗是一种平行于语言的东西。诗人明白杨黎的意思，但是诗人认为，那只是一个天才的说法。这个世界上，并没有和语言平行的东西。一切都是语言的衍生物。

157

刚刚，虎突然醒了。虎从梦中醒来。发现天已经亮了。虎趴在森林的边缘，一棵树下，虎有点恍惚。虎突然记起梦中的一些内容。虎还记得诗人要去拜访杨黎，他给杨黎发了一封电子邮件，杨黎还没有回复。虎认为以杨黎的性格，极有可能不会回复。虎对杨黎了解不多。虎只记得自己在梦中的网上，查过杨黎这个词条，以及相关介绍。虎在梦中打开这个词条，看到一句，杨黎是一代宗师，一个真正神秘的人物。虎想到这里，突然忘记了与梦有关的一切。虎忘记了梦中的内容。虎忘记了杨黎。虎忘记了诗人的天命。虎再次有点恍惚。虎知道自己昨晚做了一个梦。但是虎把它完全忘记了。虎已经习惯这种情况。虎空余美妙的恍惚感。虎沉浸在这种恍惚感中无法自拔。虎就趴在那里，看着森林外的低处。天亮了。这是一个好的阳光到处都是的白天。虎沉浸在恍惚感中，同时恍惚感正在消散。消散到一定程度，虎就彻底从梦中醒来了。梦对虎的影响已经完全散去。虎已经完全来到梦外。虎缓缓站起来，原地抖了抖身子。虎站在原地，想起昨晚睡去前的事情，想起自己为什么会睡在这里。虎知道，现在可以往前迈出那一步了。现在已经没有任何理由，可以阻止虎走出森林。虎即将走到低处去。虎即将走到阳光下的低处去。

158

　　刚刚，虎往前迈出一步，虎头包括一部分身体，已经伸出森林。虎又迈出一步，虎的大半部分身子都暴露在森林的外面，但是虎的尾巴还隐藏在森林中。虎又往前迈出一步，虎的尾巴梢正式离开森林。整个的虎，终于走出森林。虎来到阳光下的低处。虎朝着平时练太极的那个位置走去。虎朝着低处的中心走去。虎感觉今天的阳光太好了。虎决定尽快走到低处中最舒服的那个地方。低处是一个平面，但并不绝对。某种程度上可以说，是一个有一点倾斜度的平面。只不过这个倾斜度很小，虎几乎感觉不出来。在虎的印象里，整个低处是一个整体，并没有哪个地方比其他的地方更低，也没有哪个地方比其他的地方更高。这整个地方，都是低处。虎在阳光中朝着低处的中央走去。虎越走越爱今天的阳光。虎走到低处中央的那一刻，对今天阳光的爱达到一个高潮。虎不可抑制地吼啸了一声。那是虎表达感情的一种方式。那是一声虎啸。虎啸只有一声。但是却传得很远。方圆一个相当大的半径之内，所有活动的人或动物，都听见了这一声虎啸。听到这声虎啸的，全部愣在原地（除了正在驾驶着汽车的男女以及所有的鸟）。已经很久没有虎啸传来了。这一声虎啸对于附近的生命而言，有些突然，也有一点陌生。没有人记得，上一次听见虎啸是什么时候。

159

刚刚，一声虎啸从虎站立的低处向四周传去。虎啸传出很远，很远。一辆行驶在附近山路上的汽车，汽车里的司机，也听见了这一声虎啸。坐在副驾驶上的女人也听见了。女人的脸色一变，她说，靠，那是什么声音。开车的男人看上去很严肃，他想了一会儿，说，应该是一种大型动物的叫声。女人又问，什么大型动物？狮子还是老虎？男人又想了一会儿，说，可能是狮子，也可能是老虎。这个回答并不能够解除女人的恐惧。女人说，靠，感觉声音离我们不远啊。而且好像是从我们的前方传过来的。女人说完，看了一眼男人。男人不自觉地踩了一脚刹车，把车速降下来。但车依然在向前行驶。男人快速转头看了一眼女人，又迅速地转过头去，继续看着前方。男人说，没事吧？这种大型动物不太可能跑到公路上来吧。即使跑到公路上来，也不太可能拦住我们吧。我们往前开，它总会懂得躲的吧。男人说完，女人沉默了一会儿，说，嗯，有道理。但是我们是不是应该开快点儿。如果开得太慢，还是有可能被它拦下来吧？男人听到后，想了想，觉得女人说得也有道理。男人用力踩了一脚油门，汽车再次提速，不仅恢复了踩刹车之前的速度，而且比那更快了（达到76迈）。男人和女人，都想快速通过前方地带。

160

刚刚，听见虎啸的鸟，主要的反应有两种。本来停在森林中树枝上的鸟，听见虎啸后就突然起飞，向天空的更高处飞去。本来就在天上飞着的鸟，听见虎啸后，就横着向背离声音的远处飞去。成千上万只鸟，都在以自己的方式逃离那一声虎啸。作为一只鸟，如果仔细想想，就会发现，其实虎对一只鸟的威胁并不大。鸟并不是虎的主要食物。抓一只鸟对于虎来说，也是一项太过艰巨的任务。这不赖虎。抓一只鸟，对于狮子来说，也是一项太过艰巨的任务。对于一匹狼，一头大象，一只熊而言，都是一样的艰巨。在一只鸟面前，这些大型动物并没有什么优势可言。大家更像是活在两个世界的生命，各玩各的，井水不犯河水。虎可能偶然抬头，会看见一只鸟从头顶上的天空飞过。虎的心中，可能会涌起一阵对飞这项技能的羡慕。虎心想，如果自己会飞就好了。而鸟，从虎的头顶上飞过时，鸟几乎没有任何心理波动。大部分时候，鸟根本不会往下看。或者说，不会在乎虎这种动物。鸟唯一在乎的，其实是人，因为人会使用枪支，真正地伤害到鸟。但是虎啸不一样。虎啸在鸟听来，比虎可怕太多了。或者说，鸟认为，虎啸是虎最可怕的地方。那是一种让鸟听了就想立刻逃离的声音。那是一种让鸟听了马上失去理智的声音。那是一声虎啸。一声从地面传向天空的虎啸。

161

刚刚，虎啸镇住了周围所有的狼、鹿和野兔。这三种动物，有一只，算一只，只要听见虎啸的，全部愣在原地。它们的大脑瞬间一片空白。那声虎啸对于它们，就是死亡的信号。那意味着虎就在不远处。虎就在很近的地方。虎已经盯上自己。虎正朝自己走来。这些狼，鹿和野兔，它们对虎的恐惧由来已久，它们的兄弟姐妹，或者是远房亲戚，曾被虎吃掉。也有可能，它们对虎的恐惧完全是从关于虎的故事中来。它们知道虎是自己的天敌。虎生下来，就要吃狼，鹿和野兔。它们在食物链上，恰好处于虎的下一级。虎吃它们，不需要和任何人打招呼，也不需要任何理由。而且虎吃掉它们后，也不会有亲人或朋友给它们报仇。它们被吃掉就是最终的结局。没有后续。它们转世后，如果还是狼，鹿和野兔。那它们还会被虎吃掉。虎天生就是要吃它们。吃它们对于虎而言，就是一种宿命。虎必须吃它们。虎主要吃它们。虎有时也吃点别的。但大部分时候，虎就是吃狼，鹿和野兔。这三种动物，对于虎而言，最容易捕获。虎捕捉它们，已经积累了足够的经验。虎啸过后，狼，鹿和野兔完全愣在原地。仿佛它们只能在原地等待虎过来，把它们吃掉。它们无法逃跑，它们无能为力。虎啸带给它们的恐惧，让它们原地定住，仿佛时空以及其中的万物全部暂停。过了一会儿，等它们缓过神来，狼，鹿和野兔分别以它们最擅长的姿势向四处跑去。它们又活了过来。

162

刚刚，虎站在低处的中央（也就是平时虎打太极的那个位置），回忆自己刚才发出的虎啸声。虎其实对于虎啸，一直有一种好奇。虎并不知道，一个站在虎以外的动物，如果听见虎啸，会是一种什么感觉，或者说，它们到底听到了什么。虎从来没有真正获得过这种旁观的视角。而从虎的角度听来，这声虎啸显得特别的不真实。虎并不确定自己到底发出了一个什么样的声音。虎当然听见了自己发出的声音。但是虎对虎啸有一种强烈的不真实感。尤其是，虎发出虎啸时，是为了表达自己对阳光的热爱。虎是真情流露。虎是不可抑制。虎在虎啸时，根本没有把注意力放在自己的声音上。虎的注意力完全在感情的表达上。虎啸只是虎，表达感情的一种形式。所以，虎并不了解虎啸。虎站在低处，回味着那一声虎啸。虎知道，虎啸应该传出了很远。虎听见附近无数的鸟突然腾空而起的声音。虎并没有抬头。虎站在低处，低头回味虎啸。虎猜测，可能虎以外的其他动物，也并没有真正地听清虎啸，虎啸就像是一个信号，虎以外的动物，也并没有把注意力放在欣赏这一声虎啸上，而是一旦意识到那是虎啸后，马上注意力转到虎啸的意义上。那意味着一种危险。虎以外的动物，从虎啸声中快速感到危险，然后快速进入恐惧的状态。虎以外的动物，被虎啸的意义所俘虏，而忽略了虎啸这个声音本身。

163

刚刚，虎想到，可能即使在虎以外，也并没有其他动物对虎啸的声音有太多的了解（它们真正恐惧的是，虎啸的意义）。虎马上心理平衡不少。虎知道，虎以外的动物，永远都不会了解这一声虎啸中的真正意义。虎认为自己是通过这声虎啸来表达对阳光的喜悦或者热爱之类的感情。而虎以外的动物，只是感到恐惧。虎啸的意义，对于虎以外的动物，就是恐惧。这是一种多年形成的声音与意义之间的对应关系（虎知道，这种声音与意义之间的对应，如果达成共识，那一定是经历了漫长的时间），可以说，这就是一种对于虎啸的文化共识。虎感觉很伤感。虎再次意识到，虎啸已经被完全意义化了（或者说虎啸已经被完全文化了）。虎啸已经连同恐惧进入虎以外的动物们的头脑，身体和血液。虎对此无能为力。虎感觉虎啸并不属于自己。虎啸已经独立于虎而存在。虎啸对于虎以外的动物，可能比虎还要更可怕。虎以外的动物，不需要看见虎，只要听见一声虎啸，就立刻陷入了恐惧。虎以外的动物，已经对虎啸产生本能反应。而虎能做什么呢。虎认为自己唯一能做的，就是尽量少地发出虎啸。这就是虎为何一直在低头回味虎啸。而没有再次发出虎啸的原因。

刚刚，虎在思考新的出路。虎认为虎啸既然已经在虎以外的动物中引起广泛的恐惧。那自己能否发出其他与虎啸不同的声音？虎能否调整自己的发音方式，发出一声，让虎以外的动物感觉那并不是虎啸的声音？一种完全陌生，虎以外的动物根本不知道如何反应的声音（至少不会感到恐惧的声音），一种还没有来得及与固定的意义对应的声音。虎在认真地思考这个问题。虎对虎的发声器官，并没有太多的了解。虎其实不太爱发出声音。虎某种程度上，已经过上一种相对纯粹的精神生活。虎更多的时候，其实是活在语言的森林中。虎很少在现实中发出虎啸。但是虎无法阻止虎啸在动物之间早已达成共识的意义。因为，这个世界上的虎，并不只有虎自己。可能还有虎2，虎3，或其他。在虎之前，虎啸的意义就被固定了。虎只是虎这种古老动物中的一员。在虎之前，就有很多虎，那些虎已经死去。在虎之后，还是会有很多虎，那些虎还没有出生。即使与虎同时存在的虎，依然有很多。只不过虎没有真正遇见过。可能在上千年前，虎啸引起动物的恐惧，已经是一个无法改变的文化事实。虎处于虎的文化中，虎知道自己的力量单薄而又有限。虎反抗文化，但是虎并不在乎反抗文化的结果。虎就是要反抗。虎就是要发出虎啸以外的声音。

165

刚刚，虎站在低处，好的阳光照在虎的身上。虎心想，如果我能够发出一种完全和虎啸不同的声音，我将不再命名它。虎以前认为，命名是一种爱的表达。虎现在认为，不命名也可以是一种爱的表达。虎深知，一旦命名了那种声音，意义则如影随形。任何命名，本质上，都是一种对意义的锁定。本来声音的意义是模糊的，是含混的，是可以做多种解释的，可是一旦命名，意义就确定了（其他意义的可能性就消失了）。虎并不反对意义，虎反对的是意义的确定。虎想到那阵风，想到小西北。虎还是很想念小西北啊。虎知道，小西北对虎的意义，是因为命名，而被凭空创造出来的。虎并不后悔，可是虎不想被太多意义所羁绊。虎想活得简单点。虎想摆脱虎啸。虎想摆脱虎以外的动物，对虎的刻板印象。虎想摆脱虎的百度词条。虎想摆脱虎的生活习性以及虎的传说。虎甚至想过，如果自己不叫虎，事情可能会变得不一样。但是虎又深知，只是改名字，并不能改变自己是虎的事实。虎的肉身，反向决定了虎的命名。虎对像人类那样，再起一个代表个体的名字，也没有什么兴趣。虎觉得，躲在虎这个大的概念之下，也有好处。虎有时觉得，虎是自己，虎有时又觉得，虎只是一个笼罩自己的概念，而自己活着的意义，并不完全被虎这个概念所确定。

166

刚刚，虎在低处。虎在阳光下的低处开始走动。虎在走动中想起昨晚的经历。虎昨晚在森林中，有了新的经历。虎昨晚在森林中，也有了新的语言体验。虎变了。虎不再是从前的虎。昨晚的经历，让虎成为新的虎。虎放弃对于虎啸的思考后，才想起来昨晚的经历。对于虎来说，那甚至可以说是一种全新的冒险。虎已经很久没有在现实中，增加新的经历了。虎把太多的时间，放在精神层面。虎昨晚在返回的路上，一直在酝酿新的语言感受，虎昨晚即将走出森林的时候，已经酝酿完毕。如果昨晚，虎不是及时意识到月光，虎可能昨晚，就说出了新的东西。虎已经很久没有说出过新的东西。虎一直认为自己是一只独特的动物，虎希望自己想得要多，但是说得要少。虎觉得，这样更酷。虎也一直这样严格地要求着自己。虎昨晚如果走出森林，一定会说出新的东西。因为昨晚对于虎而言，太特别。虎昨晚处于一种激动中，一种想说出新东西的语言冲动中。昨晚的虎，已经忘记对自己的要求。不过这完全可以理解。虎又不是一台机器，虎也不是机器人，虎是鲜活的动物。虎不太可能每一刻都处于理性的意识中。昨晚新的经历，激活了虎。虎就是想把全新的现实经历，转化成新的语言感受说出来。说给这个世界听。说给黑暗听。说给低处听。

167

　　刚刚，虎在低处走动。虎在好的阳光中走动。虎在回忆昨晚自己，最终没有说出来的新东西。其实不应该用回忆，虎并没有忘记，虎并不需要回忆。虎只是一动念，那些昨晚即将说出的新东西，就浮现在虎的意识中。虎在意识中，默念了一遍。其实并不是一个长篇，或中篇，可能连短篇都算不上，就是几句话。不过，虎很确定，这是新东西，这是几句新话。这是几句在这个世界上从来没有被说出来的话（至于虎为何这样确定，是一个谜，或者你可以理解为，是虎的信仰。虎就是这样认为的）。这几句话目前只存在于虎的脑海中。不过，虎当然知道，这几句话，已经存在于语言的世界中。并不需要被说出。任何一个句子，在它被想到的那一个瞬间，它就存在了。而且它将永远存在。虎想到这里，感到很惋惜。虎觉得这几句新话已经错过被说出的最佳时机。昨晚就是虎说出新东西的最佳时机。今天不是。新东西已经存在很久，如果从昨晚开始算起，虎即将说出的新东西，已经存在于语言世界中，最少八小时以上（虎对自己昨晚的那一觉睡了最少八小时有信心）。虎不再想说出这几句话了。虎觉得这些新句子在某种程度上来说，已经变旧了。虎有一个观点，就是一个句子在被想到的那个瞬间，就会开始变旧。这是任何一个句子在语言中的宿命。这是谁也无法阻止的旅程。虎又在脑海中默念一遍，昨晚想到的新句子。直到此刻，虎依然觉得，它们虽然没有那么新了，但依然很新。

168

　　刚刚，虎在低处的走动中突然停下。虎站在低处。虎不再走动。好的固定的阳光，照在虎的身上。虎决定不再说出昨晚想到的新东西。这个决定，对于虎而言，很快就做出了，但这并不能说明，虎不遗憾。虎不想说出这几个新句子，或者说，虎觉得没有必要再说出这几个新句子。这几个新句子虽然很新，但是已经从昨晚开始变旧。每一个刹那，它们都比前一个刹那更旧。但是虎还是忍不住默念。虎开始思考默念这种行为。默念，虎的理解就是不发出物理意义上的声音地念。但是不可否认，默念依然是一种念，念对一个句子而言，意味着从第一个字开始，按照从左到右的顺序，念到最后一个字，完毕。如果是一起默念几个句子。那首先要确定的是这几个句子之间的先后顺序，然后按照确定好的顺序，念完一句，再念下一句。虎认为，默念的对象（听众），只能是自己。虎觉得自己其实是朗诵者（虎当然还在默念。只不过虎觉得自己的默念是一种朗诵，一种默念的朗诵。默念是它的形式，朗诵是它的实质。虎悄然间把默念的行为变成默念的形式），转念之间，虎又觉得自己还是一个默念者（虎觉得自己是在进行一种朗诵的默念，朗诵是形式，默念才是实质。虎完成了一次神秘的语言感受的转换），虎也是倾听者。虎在默念的同时，虎也在倾听。虎反复思考，默念和倾听是否是同时在进行的。虎想了一会儿，虎觉得默念肯定先行，倾听在默念后，不过虎又认为，它们之间的时间差极小。虎在脑海中反复尝试几遍，虎的感觉，它们几乎是同时的。

169

刚刚，虎从在低处站着，转为在低处走动。虎不再想昨晚即将说出的新东西。虎知道它们已经变旧了。虎对新旧没有好恶，虎只是说出一个事实。一个新的东西会朝着一个旧的东西移动。这种移动是一种体现时间存在的移动。人们从一个新东西变成旧东西中，感受到时间的存在（人们也从一个好苹果的腐烂中感受到时间的存在）。想到时间，虎突然发现，虎并不知道自己多少岁了。虎以前也不知道。只不过虎之前，忽略了这一点。虎对自己在肉身上的变化并不关心。虎感觉虎的肉身好像没啥变化。虎还处于虎的壮年。虎感受不到衰老。虎也很少生病。虎的肉身从来没有让虎操心过。虎的肉身，也很少受伤。虎知道，离低处不远的更低处，有一条河。虎以前总去河边喝水（最近去得少了，或者说，已经很久没去了）。但是虎去更低处，只是单纯地喝水。虎很少在喝水的同时，照镜子。虎忘记了自己的样子。虎对虎的倒影，没有印象。虎突然对虎的倒影（以及倒影显示的肉身），有一点好奇。虎想专门去更低处的河边，看一眼自己的倒影。虎想到这里的时候，感觉自己也有一点渴了。虎也想去更低处的河边喝一点水。虎在心里比较了一下想去喝水和想去看倒影这两件事，虎觉得看倒影为主，喝水为辅。虎做事，还和以前一样，主次分明。

170

　　刚刚，虎从低处向更低处走去。虎发现，好的阳光，在低处，也在从低处走向更低处的途中，虎一路都沐浴着好的阳光（虎当然知道，即将抵达的更低处，甚至高处，也在好的阳光中）。虎感到很满足。虎从低处向更低处走去，虎很明显地感觉到，自己是在向下走。那种感觉，和虎从高处向低处走，有点类似。虎在走动中，除了向下，还感觉到一种前冲的趋势。虎及时停下，虎知道这和重力以及斜坡有关。虎从高处向低处走去时，也遇到过这种感觉。此刻，虎站在斜坡上，虎站在从低处走向更低处的途中。虎觉得，虽然从高处走到低处，和从低处走到更低处，有很多类似的地方。但是它们并不完全相同。从高处走到低处，虎在心理上，会更谨慎。因为虎平时待在低处。虎去高处，大部分时候是去眺望。眺望一会儿，就会回到低处。高处这个词在虎的心里，还是一个需要警惕的词。虽然虎的高处，并不算高，但是比虎的低处高。虎从高处到低处，虎保持着必要的警惕。而虎从低处到更低处，虎则很放松。虎知道不太可能会有什么危险。虎对更低处这个词（以及这个地方），都没有警惕，虎对更低处这个词，甚至有一种抒情上的好感。低处的虎，当然喜欢更低处（虎也很喜欢高处）。但两种喜欢不一样。虎站着缓一会儿，继续从低处向更低处走去。

刚刚，虎从低处来到了更低处。更低处也是一个几乎没有倾斜度的完整平面。虎回头，看见更低处和低处之间，有一段倾斜的山坡，山坡中有一条倾斜的路（并不是很明显，虎并没有在低处和更低处之间走出一条明显的路来，这说明，虎在两地之间往返的次数远远不够），虎正是经过斜坡中隐约的那条路，从低处走到了更低处。虎此刻处于更低处的边缘，虎身后就是那段倾斜的山坡。虎又转过头来，往更低处的前面看去，更低处比低处要稍微大一点。虎仿佛已经看到更低处另一头，挨着的那条小河（虎并不确定是否真的看到了），虎甚至已经听到了小河哗哗流淌的声音（虎也并不确定是否真的听到了）。虎站在原地，又认真地听一会儿，感觉好像还是听到了一点点，不过那一点点声音，如果不仔细听，很容易淹没在更低处的风声中。更低处的风声，虎觉得好像并没有比低处小多少，可能还是小了一些。可能虎听不清小河哗哗流淌的声音，并不是因为更低处的风声大，而是因为那种哗哗流淌的声音太小。毕竟在虎与小河之间，隔着一整个更低处。虎尽力往前看去，虎好像看到一点阳光在河面上的微微反光，但是虎不敢确定。相对于看见河面反光，虎觉得，还是那一点点很小的哗哗流淌声，更有可能是真的。

172

刚刚，虎开始穿越整个更低处。虎走得很慢，虎在慢走中，感受着更低处的草。虎在慢走中，感受着更低处的风，以及阳光。虎在慢走中，感受到的更低处，比虎站着时感受到的，要更鲜活。虎在慢走中前行，有一个看不见的界点，当虎通过那个界点后，虎终于非常确定地听到了小河哗哗的流淌声，虎马上站下。虎肯定已经过了那个，需要仔细听才能听到一点点，和不需要仔细听就能够清晰听见的临界点，虎肯定过了那个临界点。但虎知道，自己离那个临界点并不远。可能虎后退一步，就会踩到那个看不见的临界点。只不过，虎没有后退。那个临界点，存在于虎的头脑中。那是一个语言中的临界点。那是一个只有在语言中才能够被完全界定清楚，没有任何争议的点。虎改变停下的状态，继续向前走，继续穿越更低处，继续朝着更低处的另一头走去（挨着小河的那一头），虎非常激动，因为虎在向前走动的过程中，发现小河流淌的哗哗声越来越响亮，那在虎听来，简直是天籁。虎走在逐渐响亮的小河哗哗声中。虎很享受走在这种声音中。虎当然也走在更低处的风声中。虎也走在更低处的阳光中。虎也走在更低处的草地上。虎同时在多个语境中穿行。风声是一种语境，阳光是另一种，草地也是，哗哗声也是。不过，以虎的意识集中的那个词语为准，虎此刻主要走在小河哗哗流淌的语境中。

173

刚刚，虎已经走过更低处的中心，而虎还在向前走。虎此刻已经从小河哗哗流淌的声音中觉醒过来，虎已经不再沉迷其中。虎脱离了那种语境（虎有意识地脱离出来）。现在小河哗哗的流淌声，对于虎而言，只是一种物理意义上的声音，不再具有语言层面的审美价值。虎继续向前走，为了忽略小河哗哗的流淌声，虎又将注意力集中到更低处的风声。虎觉得更低处的风声好听。虎此刻走在更低处风声的语境中（虎极其自然地完成了语境之间的神秘转换）。虎一直偏爱风声。虎喜欢更低处，低处以及高处的风声。虎也喜欢森林中的风声。虎还喜欢风声这个词语及意义。虎对不同地方的风声，有不同的感受。只不过这种感受有时太过微妙，虎很难准确地用语言表达出来。随着语境的深入，虎对更低处的风声，有了新的理解。虎觉得更低处的风声，就是更小一些。虎现在非常确定这一点。除了小以外，虎觉得还可以用轻柔这个词语，来形容更低处的风声。虎在更低处的风声中向前走，虎已经渐渐接近更低处另一头的边缘。虎还没有看见小河。虎听着更低处满耳的风声。虎觉得已经够了。虎再次跳出风声的单独语境。这一回，虎同时在多个重叠的语境中穿行（风声，小河哗哗声，下午，阳光，草地等），虎的意识不再集中于某一个特定的词语。虎此刻已经想起来（虎之前当然来过），小河的河面并不宽，小河的位置又太低。所以除非走到更低处的边缘，否则是看不见最低处的小河的。虎现在已确定，小河在最低处。此刻的虎，已做好即将来到更低处的边缘，看见最低处小河的心理准备。

174

　　刚刚，虎终于来到更低处的边缘。虎站在更低处的边缘，虎停止移动。虎没有回头。虎没有回头去看来时路。虎已经穿过整个更低处。来到另一头的边缘。虎看见，小河就在下面哗哗地流淌。小河就在虎的眼前。小河就在最低处。虎站在更低处，看着最低处的小河。虎没有着急下去。虎喜欢站在这个位置看着最低处的小河。虎实际上，只能看见小河的一段，虎看不见小河的源头，也看不见小河的尽头。虎不知道小河是从什么时候开始流淌的，也不知道小河什么时候干枯。虎只是看到了小河中间的一段河面。虎只是看见一小段时间中的小河，虎从这一段小河中（空间上，时间上），感受着这条小河。虎觉得自己爱上了这条小河。这肯定不是虎第一次看见这条小河。虎以前就来过。不过虎确实已经很久没有来过了。虎忘记了之前是否爱上过这条小河。如果之前就爱上过。那虎只能说，自己再次爱上了这条小河。虎只在无尽的时空中瞥见小河的局部，但是虎从短暂的时空一瞥中，爱上了小河的整体。虎真正爱上的，其实是语言层面的小河。因为只有在语言层面，虎才能够真正把握这条小河。只有在语言中，虎才能够像上帝一样俯视这条小河的前世今生，虎看见了关于小河的一切（源头，尽头，每一滴水，水中的每一条鱼，水底的淤泥，淤泥中的杂物，每一个拐弯，每一个刹那的流动，每一个将脚踏入小河的人的幻影），也可以说，虎在语言中重新虚构了一条小河。虎爱上这条虚构的小河。

175

刚刚，虎沉浸在语言世界中。虎回到了虎的里面。虎的肉身看着眼前的小河，虎则看着语言中虚构的小河。虎获得一种语言层面的感动。虎在很短的时间里（物理层面的时间），完成一次非常复杂的语言经历。虎从这一次语言经历中，获得很多。感动只是其中之一。感动只是虎最容易感知到的。肯定还有其他的。只不过更丰富，更细腻的感受，需要沉淀。虎需要更多的时间，才能够看清，到底收获了什么。虎认为，感动只是这次语言经历中，最微不足道的语言体验。虎期待过一段时间，换一个地点，再认真体会。虎从感动中觉醒。虎彻底结束这一次独特的语言经历。虎再次回到虎的外面。虎站在更低处的边缘。虎想起来，自己穿过了整个更低处。虎想起来自己此行的目的。虎之所以要从低处来到更低处，一会儿还要从更低处来到最低处，主要是为了看看虎的肉身（是否有视觉上的变化），或者更直观地说，是为了看虎的倒影。虎生活的环境中，没有人类那种镜子。小河就是虎的镜子。虎只能通过小河中的倒影，在视觉上去观察虎的肉身。虎觉得自己，并不是一个特别受视觉控制的动物。虎更多的时间，是活在语言的世界中。虎即使闭上眼睛，依然不妨碍自己在语言的森林中穿行。还有一个原因是，虎的现实生活中，并没有太多新鲜的，值得看的东西。虎知道人类的世界，需要用眼睛看的信息量，是一个天文数字。也可以说，人受视觉的控制，要比虎严重得多。

刚刚，虎从更低处开始向下，虎经过一个很短的小斜坡，就来到了最低处。河这边的最低处很窄。斜坡的坡脚（挨着斜坡的最低处边缘），与最低处的小河之间，只隔着很窄的一段空地。这段空地上也长了一些草。虎慢步走过最低处这段长草的空地，虎就来到了河边（河的这边）。虎又谨慎地往前走了两步。虎头探入到小河的河面上。虎在视觉上看到一个形象，虎感觉很陌生。虎对此刻看到的这个形象非常陌生，虎反应了一会儿，才反应过来，这应该就是虎的倒影。虎没有退缩。虎严肃地看着河面上虎的倒影。虎主要看到了虎头，以及虎的上半部。虎的视觉，集中在虎头上。虎对虎头的倒影看了很久。虎稍微偏了一下虎头，倒影中的虎头也偏了一下。虎发现自己可以控制虎头的倒影。虎又往另一个方向，偏了一下虎头。倒影中的虎头也紧跟着往相同的方向偏了一下。虎基本可以确定，眼前的这个形象，就是虎的倒影。虎知道，自己无法看见虎全身的倒影。除非虎能够整个悬空，移动到河面上。但是虎的物理知识告诉虎，那是不可能的。虎不会飞。虎没有特异功能。虎只是一只凡虎。即使有一点特别，那也只是语言层面的特别。在现实生活中，虎没有任何特别。虎又盯着自己局部的倒影看了一会儿，虎觉得没啥看的，虎看不出自己的变化。因为虎对以前的倒影没有印象。虎无法对比。虎只看到此刻虎的倒影。虎觉得现在这个倒影的样子，还不错。于是，虎结束了对倒影的观看。

177

刚刚，虎开始低头在河边喝水。虎已经不再关注虎的倒影。虎喝水的时候，河面开始荡漾，虎的倒影开始破碎，虎根本不在乎。虎专注地喝水。虎并没有牛饮。虎喝水的动作非常节制。虎只是伸出舌头在舔水。虎喝得很少。虎这次来的主要目的，是看虎的倒影。喝水是其次的目的。虎出发的时候，只是有一点口渴。虎到达以后，发现还只是有一点口渴。虎的口渴并没有加重。这说明虎来到这里的那段路程，并没有消耗虎太多的体力。虎很轻松地来到河边。虎正在轻松而又节制地喝水。虎喝了几口，就不想喝了。虎停止用舌头舔水的动作。河面停止小范围的荡漾，正在逐渐恢复平静。虎结束喝水后，过了一会儿，虎就又看见虎的完整的，安定的倒影。虎发现虎的倒影比刚才好像更不错（舒服）了一些。虎在想是什么原因呢。虎觉得有可能是喝水引起的差别。喝水后的自己更舒服，心情变得更好，于是看虎的倒影也更舒服。当然，也有可能是阳光的差别。在虎喝水的时候，阳光改变了。阳光变得更浓，或者说更亮。阳光照在河面上，把虎的倒影，反射得更清晰。虎最后看一眼虎的倒影，虎退出河面。虎开始朝河的对岸看去。虎站在更低处，看最低处的小河时，就同时看到了河的对岸。只不过虎那时，并没有凝视河的对岸。虎觉得现在，是时候了。

178

刚刚，虎站在河的这一边，凝视着河的对岸。虎是喝完水的虎。也是看过倒影的虎。虎对眼前的这条河，称呼不定。虎有时觉得它是一条小河，有时又称呼它为河。虎现在凝视着河的对岸。而不是虎凝视着小河的对岸。一是因为，虎觉得还是要统一称呼，虎最后在其中选择了河这个称呼，以及河的衍生词，河岸，河对岸，河面，河边。至于虎为什么会选择河这个称呼，而没有选择小河。虎的真正心理活动是这样的，虎设想了一下如果别人叫它小虎，它会不会比现在更开心，虎觉得自己不仅不会开心，还会感到绝望。所以，相对于小河，虎更喜欢河。二是因为，当虎真的开始朝对岸看去时，虎觉得这条河并不小。河面比虎想象的要宽很多。虎此刻并没有凝视河面。虎凝视的是河的对岸。虎发现河的对岸，对于虎，是一片完全陌生的区域。虎曾很多次来过河边。但是虎从来没有去过河的对岸。虎不知道这是为什么。仿佛对岸只可远观，而不能亲临。虎凝视着河对岸，虎觉得河对岸，对于虎而言，可能有极其特别的象征意义。但是虎并不确定，河对岸象征着什么。虎认为可能象征着虎从来没有涉足过的世界。虎觉得这是一个好的象征。如果真是这个象征的话，虎不想破坏这个象征。

179

　刚刚，虎依然在凝视着河对岸。虎实在无法确定，河对岸真正的象征意义。虎站在最低处。虎站在最低处的河边，凝视着河对岸。虎想是不是可以更近地观察河对岸。虎想到一个方法，下到河中。虎是一种会游泳的动物，虎知道，大部分哺乳动物都会游泳，这是一种动物本能。虽然虎从来没有在现实中游过，但是虎并不惧怕游泳。虎对于下到河中，没有任何恐惧。虎只想了片刻，就朝河中走去。虎很快就来到河中。虎发现自己已漂浮在河上（没有沉下去），虎事实上已经在游泳。虎觉得很奇妙。原来这就是游泳啊。虎之前只知道游泳这个词。但没有具体游过。现在虎真的来到了河中，虎感受着虎在河中的扑腾与游泳这个词语之间的关系。虎很谦虚。虎不敢用游泳这个词形容自己。虎觉得自己就是在河中扑腾。虎觉得扑腾这个词在自己的能力范围之内。虎在河中扑腾着，虎享受着本能对虎的支配。虎朝着对岸扑腾过去。虎更接近对岸了。虎离对岸越来越近。虎来到了对岸。虎还在河中。虎在对岸的河边。虎如果再往前，虎脚就会跃上对岸的地面。虎没有那么做。虎停在河中。虎停在河边。这是一只虎，所能达到的，最接近河对岸的距离。或者说，此刻，对于虎而言，这已经不是河对岸了。虎扑腾过来的那一边，变成了河对岸。

180

刚刚，虎还待在河中。虎在河中回头看，看到河对岸那一小块狭窄的空地。虎觉得没啥看头。虎又转过头来，看着这一边。虎决定依然称呼这边为河对岸。虎发现河对岸真的好大啊（虎的脑海中，同时保存着站在更低处的边缘，看见的河对岸）。河对岸是一片看不到尽头的草地，一片没有任何遮挡物的，广阔的平原。相对于虎平时活动的地方，河对岸太大了。虎的更低处，低处和高处，再加上森林，好像也没有河对岸广阔。不过，虎想到一点，河对岸的缺点或者说河对岸的问题。虎认为，河对岸最大的问题，就是它没有什么秘密可言。河对岸没有地形上的落差。河对岸是一片平原。虎喜欢在高处，低处和更低处来回走动。虎不喜欢在一望无尽的平原上奔跑。虎觉得，那会很累。虎在平原上，会释放虎的极限速度。虎可以闭着眼睛跑，都不用担心撞到树之类的障碍物。虎真的不喜欢吗？虎咽了一口口水。虎觉得，用极限的虎速奔跑，应该是一件很爽的事。虎应该去尝试。虎应该拓展自己在现实中的活动空间。就像虎不断深入森林一样。虎应该尝试着上岸后，用虎的极限速度在平原上奔跑。虎仿佛看到了虎的幻影，一个又一个的虎的幻影，虎往前跑去，但是虎上岸的幻影还没有消失，虎在每一个刹那跑动的幻影都没有消失，虎的幻影在平原上连在一起，虎看见无数只首尾相连的虎奔跑在平原上。虎觉得壮观。

181

刚刚，虎还在河中。虎没有上岸。但是，虎觉得自己已经在平原上奔跑过了。虎看到虎在平原上奔跑的每一个幻影。虎觉得自己不用真的去跑一趟了。虎已经看见自己跑过了。虎深知，一切体验最终都是语言层面的体验。虎在现实中的经历最终也是转化为语言层面的体验。虎觉得已经够了。虎并不认为自己真的在平原上奔跑一次，就会获得更多的语言体验。

即使能够获得更多，虎也不想跑这么一次。虎不是懒惰，虎也不是恐惧。虎觉得，这只是虎的选择。虎开始往回扑腾。虎在往回扑腾的过程中，感觉自己扑腾得更好了。虎已经熟练地掌握了扑腾。虎对扑腾这个词有了新的体会，新的理解。虎扑腾到河中央，虎心想，如果自己在河中多扑腾一会儿，虎对扑腾的理解继续加深，虎会不会快速到达虎在游泳的境界。虎觉得是有可能的。虎觉得游泳说到底，只是扑腾的一种更文化的说法。或者说，游泳是一种更优雅的扑腾。虎不喜欢游泳这个词，虎不知道为什么。虎觉得扑腾比游泳好。虎觉得扑腾，更接近虎此刻真正在经历的事情。虎觉得游泳对于虎而言，是一种美化。虎并不喜欢美化。虎快速扑腾着接近岸边。虎来到岸边。虎跃上河边的地面。虎在河中来回扑腾了两次，虎感觉很美妙。虎觉得自己，依然是一只会游泳，但从来没有游过的动物。虎拒绝游泳这个词影响到虎在现实中的行为。虎接受了虎在扑腾这个语言事实。

182

　　刚刚，湿漉漉的虎站在最低处的河边，用力抖了抖身体。很多水珠在虎的抖动中飞到空中。虎连续抖了几次，每次都有水珠飞出。只不过飞出的水珠越来越小。最后，虎抖动也没啥用了。虎知道，剩下的，还有两种方式，要么站在阳光中晾干，要么在奔跑中风干。虎知道，如果自己此刻从最低处快速跃上更低处，穿过更低处，然后再从更低处快速跃到低处，再从低处跃到高处，当虎站到高处的时候，虎肯定已经干了。虎觉得应该不需要站到高处才干。虎认为自己在奔跑的过程中就会悄然变干。只不过虎不确定，是跑到哪一个阶段，才会变干。虎想了想，觉得，虎还是喜欢在奔跑中变干。虎还是喜欢在有落差的地形上奔跑。虎没怎么多想，就开始了自己的返程。虎快速地跃上更低处与最低处之间的斜坡，虎跃上更低处，开始在更低处的风中奔跑。虎在奔跑中感觉自己在快速变干。虎感觉自己在经历一次奇妙的奔跑，一次从湿到干的奔跑。一次起伏而又连续的奔跑，虎跑过整个更低处，虎没有停，而是一口气连续跃上从更低处通往低处的斜坡，虎在斜坡上速度难免变慢，但也并没有慢多少，虎依然尽力保持着奔跑的状态，虎一跃从斜坡上，跃到了低处。虎发现，虎已经干了。

183

刚刚，虎又重新回到了低处。虎结束了它短暂的从低处到更低处，从更低处到最低处，在最低处的河边看倒影，喝水，在河中扑腾过去，再扑腾回来，凝视对岸的旅程。虎知道，这一切经历，全部都成了幻象。从低处走向更低处的虎，已经消失了。从更低处走向最低处的虎已经消失了。看倒影的虎消失了。喝水的虎消失了。在河中扑腾过去的虎消失了，在河中扑腾回来的虎消失了，凝视对岸的虎消失了。从最低处跃上更低处的虎消失了。跑过更低处的虎消失了。从更低处跃上低处的虎消失了。虎孤独地回到了低处。其他的虎，全部消失了。剩下的，是虎头脑中的几个因为这段旅程而产生的新句子。时空中每一个已经过去的刹那的虎，都消失了。只剩最新刹那的虎。只剩最新的虎。只剩站在永远流逝的时间轴上最前面的虎。虎并不感到忧伤，虎知道，从来如此。虎知道，人也是这样。一个人坐在沙发上看书，突然想去厨房冰箱里拿一罐可乐。当这个人拿到可乐的时候，坐在沙发上看书的那个他已经消失了，从沙发上站起来的他已经消失了，穿过客厅的他已经消失了，穿过厨房门走进厨房的他已经消失了，打开冰箱门的他已经消失了，唯剩从冰箱里拿到一罐可乐的他。而那一个他也在消失，在他关上冰箱门往厨房外走的时候，关上冰箱门的那个他也消失了。

184

刚刚，虎在低处走动。怀念着那些已经完全消失的虎，虎怀念着在虎往前走出每一步后，在它身后消失的虎。虎孤独地走在低处。虎有时想，如果自己回头够快，能否看见身后的幻影。虎没有尝试过。虎在脑海中想象着那些身后的幻影。虎没有回头。虎在低处的阳光中走动着。虎突然有点饿了。虎将去捕猎。虎不愿意叙述自己捕猎这一段，虎略去这一段。捕猎对于虎，是一件非常普通的事情。虎三天两头就会感到饿。虎饿了，就会去捕猎。虎把它当作一件必须要做的事情。虎从不在这件事上浪费太多的时间。虎饿了，就会去捕猎，捕到食物，就把它吃掉。虎只为果腹。虎对食物没有人类那么多的感情。虎不迷恋食物。虎只是吃食物。虎不觉得食物好吃，虎也不觉得食物难吃。食物对于虎，就是一种东西。一种要吃下去的东西。虎从不多想。虎也没有人那么多的选择。虎不挑剔。虎捕到啥吃啥。虎在食物上，没有爱好。一只野兔和一头鹿，在虎眼里，它们的肉没有分别。虎统一把它们当作食物。虎在食物上，保持着某种动物的麻木。虎的味蕾处于没有打开的状态。虎也不想打开。虎不愿意在吃东西这件事上思考太多。虎只是饿了，就去吃。虎正走在捕猎的路上。虎已经在捕猎。虎捕到了，虎开始吃。虎已经吃完了。虎不再饿。

185

刚刚，虎吃饱了。虎决定去高处消消食。虎从低处走向高处。虎走得很慢。虎没有任何需要着急的事情。虎以一种极度缓慢的速度，从低处走向高处。虎体会着从低处走向高处的心情。虎觉得心情还不错。虎虽然平时喜欢待在低处，但虎依然喜欢高处。这个高处是虎生活的现实环境中，虎愿意来到的最高处。虎当然也有能力去更高的地方。只不过虎兴趣不大。因为虎知道，自己能够去到的最高的地方，依然还是不够高。虎觉得高处的象征意义，永远大于实质。虎此刻走到了高处。虎花了更多的时间从低处走到了高处。虎尽量缓慢。但是虎还是来到了高处。这是虎平时会来到的最高处。虎站在高处眺望。虎站在高处的边缘眺望。虎此刻仿佛能够看见低处，更低处，最低处，以及河对岸（实际上看不到）。虎仿佛看见在低处打太极的虎，穿过更低处的虎，在最低处喝水的虎，在河对岸平原上奔跑的虎，虎仿佛同时看见了所有的虎。虎眺望着那些存在过的幻影。虎眺望着自己活过的痕迹。虎眺望着曾经在时空中已经永远消失的每一个自己。眺望完这些之后，虎冷静下来，虎看着那些幻影慢慢消散，虎又看见空荡荡的低处，更低处，最低处，以及河对岸（实际上是看不到的）。虎再次超越这些具体的空间，事物。虎进入眺望的想象中。虎开始眺望人世。

　　刚刚，虎眺望到每一个活着的人都是语言的肉身载体，每一个活着的人都是一只语言伸向存在的触角，每一个人都正在尝试着使用语言说出自己存在的感受，每一个人都在丰富着整体的语言（上帝）。

　　全文完。